AF588645

1868 (Avril 27) Hᵉ de l'Europe

CATALOGUE

de la Collection

D'OBJETS D'ART

ET

D'ARCHÉOLOGIE

de Feu M. Philippe VAILLANT DE MEIXMORON

dont la Vente aux enchères aura lieu

A DIJON, PLACE DE LA BANQUE, N° 10

par le ministère de Mᵉ CONTET, commissaire-priseur,
rue de la Préfecture, 35,

assisté de M. POUCHETTI, expert, rue Buffon, 45,

le Lundi 27 avril 1868

ET JOURS SUIVANTS, A MIDI

EXPOSITION

les Mercredi 22, Jeudi 23 et Vendredi 24 Avril

de une à quatre heures après midi.

PRIX DE CE CATALOGUE : **1 FRANC**

Pour être admis à l'Exposition et à la Vente, on devra présenter ce Catalogue.

DIJON

IMPRIMERIE J.-E. RABUTOT, PLACE SAINT-JEAN

1868

Plats Co... 150 — 157.
Orne Parde — 170. 176.
Dance 100. 114
St Jean — 50. 52

CATALOGUE

de la Collection

D'OBJETS D'ART

ET

D'ARCHÉOLOGIE

de Feu M. Philippe VAILLANT DE MEIXMORON

dont la Vente aux enchères aura lieu

A DIJON, PLACE DE LA BANQUE, N° 10

par le ministère de Me CONTET, commissaire-priseur,
rue de la Préfecture, 35,

assisté de M. POUCHETTI, expert, rue Buffon, 43,

le Lundi 27 avril 1868

ET JOURS SUIVANTS, A MIDI

EXPOSITION

les Mercredi 22, Jeudi 23 et Vendredi 24 Avril

de une à quatre heures après midi.

PRIX DE CE CATALOGUE : **1 FRANC**

Pour être admis à l'Exposition et à la Vente, on devra présenter ce Catalogue.

DIJON

IMPRIMERIE J.-E. RABUTOT, PLACE SAINT-JEAN

1868

CE CATALOGUE SE TROUVE :

A DIJON

Chez **M. Pouchetti,** rue Buffon, 43;
M. Lamarche, libraire, place Saint-Etienne;
M. Contet, commissaire-priseur, rue de la Préfecture.

A PARIS

Chez **M. Morel,** libraire, rue Bonaparte, 13.

M. Philippe VAILANT DE MEIXMORON, capitaine aux gardes du corps, démissionnaire en 1830, d'une érudition remarquable et d'un goût exquis, avait rassemblé depuis cette époque une bibliothèque composée de 6,000 volumes, en grande partie de raretés (*M. Lamarche, libraire à Dijon, en prépare la notice*), et formé un cabinet d'objets d'art et d'archéologie dont nous offrons aujourd'hui le catalogue. Nous avons essayé de donner une idée de la richesse et de la variété de cette belle collection, la plus importante de notre province. Dans ce travail bien au-dessus de nos faibles connaissances, nous nous sommes, autant que possible, aidé des notes malheureusement trop rares laissées par M. de Meixmoron; nous nous sommes trouvé souvent sans guide au milieu de ces chefs-d'œuvre de tous les genres et de toutes les époques. Nous espérons que Messieurs les amateurs voudront bien être indulgents. Une exposition de trois jours leur facilitera, du reste, le moyen de prendre une connaissance bien complète de cette riche collection.

Nous appellerons leur attention sur :

Notre collection d'épées, dont quarante sont fort belles. Les n°s 1 et 3 sont remarquables; parmi les armes défensives, le bouclier et le chanfrein n°s 155 et 160. Les statuettes, n°s 227 et 228, de la partie romaine, qui est d'une grande richesse. Notre triptyque byzantin, n° 478. Les médaillons n° 610; l'adoration des mages et la Trinité, n°s 677 et 689. Les Palissy, n°s 738 et 748. Les buires de Rouen, n° 760, ce qu'on peut trouver de mieux en ce genre. Nos porcelaines Sèvres, Saxe et Chine, seront désirées par toutes les dames; notre groupe Louisbourg, n° 827, le sera par tout le monde.

Les vases n° 894 sont dignes des plus belles collections. L'encrier n° 900 est charmant. Nous espérons que le n° 985 restera à Dijon. Le n° 1056 est d'un fini précieux. La pendule n° 1064 est belle et importante. Le cartel n° 1066 bien groupé.

Dans les ivoires, tous bien choisis, les n°s 1069, 1071, 1072. Le peigne n° 1080, d'un travail parfait. La gracieuse statuette n° 1081. Le beau vase n° 1084. Le n° 1128, d'une si belle conservation. Le joli n° 1141. Les beaux meubles n°s 1149 et 1150. Nos six peintures réunies sous le n° 1169.

Beaucoup d'autres objets mériteraient d'être cités; chacun pourra s'en convaincre à l'exposition.

POUR RENSEIGNEMENTS

S'adresser à M. Pouchetti, *expert, rue Buffon, 43, à Dijon, qui se chargera des commissions pour les personnes qui ne pourraient assister à la vente.*

CONDITIONS DE LA VENTE.

Le prix sera payé COMPTANT entre les mains du Commissaire-Priseur.

5 p. 100 en sus du prix d'adjudication.

ORDRE DE LA VENTE.

(Voir à la fin du Catalogue.)

ARMES

ARMES DE MAIN.

1. **Magnifique épée Louis XIII,** avec poignée de fer finement ciselée. La coquille, le pommeau, les entre-deux des quillons, le crochet, l'entrée du fourreau et la douille, sont chargés de médaillons représentant une suite de scènes pastorales et le dénouement, où figurent 47 personnages. Les quillons sont formés d'enfants des deux sexes. Travail de la plus grande finesse et d'une conservation admirable. Lame à jour.

Longueur totale, 0 m. 97 c.

2. **Rapière** avec garde en fer à branches contournées Pommeau strié. Lame dans les deux côtés de laquelle sont gravés les caractères : IHS. MA.

Longueur totale, 1 m. 26 c.

3. **Braquemart**. Pièce capitale. Belle et forte poignée en fer, ciselée et damasquinée en argent. Deux quillons terminés par des glands papelonnés; celui de devant formant garde-main. Trois branches en forme d'N, garde, sous-garde partant d'un double demi-anneau. Toutes ces pièces sont ciselées du même travail pa-

pelonné et damasquinées en argent. Pommeau très fort, formant le trapèze et sur lequel est gravé un écusson. Ce pommeau est entièrement ciselé. Lame bien conservée portant la date de 1606, et ces caractères : IOREL VBER.

Longueur totale, 1 m. 20 c.

4. **Rapière** avec belle garde en fer dont les pièces principales sont aplaties et ciselées d'arabesques et sujets fantastiques. Lame magnifique à deux tranchants portant les inscriptions : BRACK et ME FECIT SALIN, cette dernière quatre fois répétée.

Longueur totale, 1 m. 10 c.

5. **Petite épée** en forme de glaive avec garde en fer composée uniquement d'une croisette dont chaque quillon est terminé par une tête de nègre, sculptée et damasquinée d'argent. Les faces de la croisette et le pommeau offrent le même travail que les quillons. Lame gravée de fleurons, d'arabesques et d'inscriptions.

Longueur totale, 0 m. 86 c.

6. **Petit glaive d'exécuteur**. Poignée composée avec goût, ciselée dans presque toutes ses parties. Lame très large et très courte avec marque de fabrique. Cette pièce est bien conservée.

Longueur totale, 0 m. 83 c.

7. **Rapière** avec garde et pommeau en fer ciselé d'ornements et figures. Lame bien conservée avec ces mots dans la gouttière : d'un côté : GUERA CERCHO ; de l'autre : PORTO PACE.

Longueur totale, 1 m. 16 c.

8. **Epée** avec garde de fer en forme de panier découpé à jour. Lame avec un dauphin gravé.

Longueur totale, 1 m. 12 c.

9. **Epée** avec poignée de dague italienne, orbiculaire, renfermant complétement la main et formée d'une multitude de branches plates découpées à jour. Pommeau de même style; lame forte, large et de moyenne grandeur avec la date de 1654 ; des caractères, des personnages et des oiseaux gravés de chaque côté.

Longueur totale, 1 m. 05 c.

10. **Glaive** ayant pour garde une simple croisette de cuivre rouge doré. Pommeau très fort aussi en cuivre rouge doré, de forme orientale. Forte lame à deux tranchants et à quatre arêtes.

Longueur totale, 1 m. 06.

11. **Epée** avec poignée de forme ordinaire dite *de Marquis*. Coquille et pommeau sculptés à jour de sujets représentant des chocs de cavaliers. Garde-main à jour d'assez bon travail. Lame carrelet avec gravures.

12. **Rapière** de moyenne force avec garde-mains. Lame à un seul tranchant jusqu'aux trois quarts de sa longueur. Bonne conservation.

Longueur totale, 1 m. 14 c.

13. **Epée** avec poignée en fer damasquinée en argent. Pommeau en fer également damasquiné, lame à quatre arêtes.

Longueur totale, 0 m. 86 c.

14. **Rapière** avec garde en fer très compliquée, pareille en dedans et en dehors, formée de cinq rangs de branches fines et articulées. Les deux lunettes de la sous-garde sont garnies de deux rondelles finement découpées. Pommeau élégant à huit côtes; grande et belle lame portant le mot MAISON gravé entre la garde et la sous-garde, et des caractères gravés dans la gouttière.

Longueur totale, 1 m. 25 c.

15. **Rapière** d'une importance capitale. Garde de fer forme contournée avec quillons droits; trois rangs de garde, patte, deux anneaux d'assemblage entre la garde et la sous-garde. Pommeau ovoïde. Toutes ces pièces, sauf la patte de contre-garde, sont finement damasquinées d'argent sous forme d'ornements composés d'ovales entrelacés de fleurons et de points. Belle lame avec ces mots dans la gouttière, d'un côté : IOHANNES; de l'autre : ME FECIT.

Longueur totale, 1 m. 17 c.

16. **Epée** avec garde de fer à coquille découpée à jour, ciselée;

quatre médaillons dans des guirlandes de feuillage. Lame à quatre arêtes.

Longueur totale, 1 m. 12 c.

17. **Epée** à garde de fer, simple, bien composée et bien forgée. Pommeau de forme ronde. Très jolie petite lame percée à jour dans la gouttière.

Longueur totale, 0 m. 83 c.

18. **Rapière** avec garde en fer en forme de panier très bien conservée. Toutes les pièces de cette garde sont finement travaillées ainsi que la sous-garde, les quillons et le pommeau. Superbe lame très fine et très longue, avec ces inscriptions : + SEBASTIAN + et + AR :.: A :.: GEX.

Longueur totale, 1 m. 28 c.

19. **Rapière** à branches contournées à la garde, beau pommeau semi-conique. Forte lame bien conservée.

Longueur totale, 1 m. 30 c.

20. **Braquemart** à garde en fer avec deux coquilles percées à jour. Lame magnifique, sur chaque face de laquelle sont gravés ces mots : I.H.S.V.S. M.A.R.I.A. et les instruments de la Passion.

Longueur totale, 1 m. 17 c.

21. **Epée** à garde simple à deux quillons droits, semblables des deux côtés, formés de trois branches. Grande et belle lame avec des caractères gravés dans la gouttière et la marque de fabrique.

Longueur totale, 1 m. 24 c.

22. **Braquemart** de forte dimension à deux mains. Garde façonnée en torsades. Lame portant trois croix comme marque de fabrique.

Longueur totale, 1 m. 27 c.

23. **Lame de fleuret** dont la poignée toute en fer se compose d'une tige cylindrique ciselée dans sa longueur d'entailles contournées en strigiles avec festons au-dessus. Les creux sont damas-

quinés en or. Sur la boule qui surmonte la tige est sculpté un animal fantastique. Lame quadrangulaire. Belle conservation.

Longueur totale, 0 m. 90 c.

24. Petite épée avec poignée à coquille double trouée. Lame à quatre arêtes assez bien conservée.

Longueur totale, 0 m. 86 c.

25. Sabre avec garde et pommeau en fer. Les quillons recourbés sont terminés par une tête de lion. Lame ancienne.

Longueur totale, 1 m. 15 c.

26. Rapière dont le pommeau, les quillons et les anneaux sont couverts d'ornements et de figures. Lame bien conservée.

Longueur totale, 1 m. 15 c.

27. Epée avec garde de fer à large coquille ciselée et à médaillons. Pommeau avec une grosse tête de nègre d'assez bon style. Lame longue à quatre arêtes.

Longueur totale, 1 m. 24 c.

28. Rapière à garde en fer contournée, petit pommeau. Lame avec gouttières où sont gravés les mots : IESUS et MARIA.

Longueur totale, 1 m. 06 c.

29. Rapière à garde contournée. Le haut du garde-main forme une volute à jour et ciselée. Pommeau rond avec un joli bouton. Belle lame, bien conservée avec ce monogramme I.H.S. dans chaque gouttière et la marque.

Longueur totale, 1 m. 30 c.

30. Rapière avec garde en fer de forme contournée la plus régulière. Pommeau à vingt-huit côtes. Lame bien conservée avec cette inscription dans chaque gouttière : A.N.D.R.E.A. F.E.R.A.R.A.

Longueur totale, 1 m. 21 c.

31. Braquemart à garde très simple, quillons et pommeau à côtes torses. Belle lame, large et bien conservée.

Longueur totale, 1 m. 20 c.

32. **Rapière** avec garde à branches contournées et garde-main. Joli pommeau à douze arêtes. Lame fine, longue, très jolie, ayant des caractères gravés dans la gouttière de chaque côté et une marque de fabrique.

Longueur totale, 1 m. 28 c.

33. **Rapière** à garde en fer contournée, coquille, pommeau cylindrique. Lame bien conservée à six arêtes, avec marque de fabrique.

Longueur totale, 1 m. 14 c.

34. **Rapière** à garde en fer et branches contournées, garde-main. Gros pommeau à dix pans. Lame plate à un seul tranchant et à trois rainures jusqu'aux trois quarts de sa longueur.

Longueur totale, 1 m. 15 c.

35. **Épée** avec garde de joli style, coquille à la sous-garde, à jour, ciselée et sculptée de six mascarons, pommeau uni, jolie lame, longue, bien conservée, avec ces mots gravés + ❊ INRI IO + ❊ H + ❊ - - MARIA - - ❊ H.

Longueur totale, 1 m. 17 c.

36. **Épée** à deux mains, avec garde et pommeau à torsades. Magnifique lame. Marque de fabrique.

Longueur totale, 1 m. 62 c.

37. **Épée** avec poignée à coquille, découpée à jour, ciselée en dehors. Pommeau piqueté, lame en forme de carrelet.

Longueur totale, 0 m. 98 c.

38. **Épée** avec poignée de forme moderne, dite *de Marquis*. Coquille à jour et garde-main ciselés de trophées bien exécutés. Lame en carrelet.

Longueur totale, 0 m. 95 c.

39. **Épée** dite *Claymore*, homogène et complète dans toutes ses parties. Poignée orbiculaire renfermant complètement la main. Pommeau de cuivre avec des mascarons en forme de tête barbue. Fourreau de cuir garni de fer.

Longueur totale, 1 m. 13 c.

40. **Braquemart** avec forte garde en fer ciselée, ainsi que la sous-garde. Très belle lame avec deux croix comme marque de fabrique.

Longueur totale, 1 m. 22 c.

41. **Rapière** avec garde en fer, à branches contournées. Gros pommeau semi-conique avec boutonnet. Lame belle, longue et bien conservée; on y lit de chaque côté : — SANDRINVS SCACCHVS.

Longueur totale, 1 m. 24 c.

42. **Rapière** à poignée en fer bien complète, se composant d'une sous-garde en forme de calotte, découpée à jour et ciselée, de deux quillons, d'une branche diagonale et d'un garde-main; les quillons sont terminés par des boutons ciselés.

Longueur toiale, 1 m. 25 c.

43. **Rapière** à garde en fer à branches contournées, garde-main en forme d'anneau, fort pommeau presque rond. Toutes les parties extérieures de la poignée, ainsi que le pommeau, sont ciselés de rinceaux en forme de trèfles. Lame fatiguée par la rouille.

Longueur totale, 1 m. 25 c.

44. **Braquemart** à garde en fer avec deux coquilles percées à jour. Fort pommeau. Lame large, forte et bien conservée.

Longueur totale, 1 m. 22 c.

45. **Petite épée** avec garde de fer en panier, découpée à jour et ciselée en dehors. Quillons et pommeau également ciselés. Lame bien conservée avec ces mots : XXX VIRTVTE XXX et XXX FORTVNA XXX, gravés dans les gouttières.

Longueur totale, 1 m. 06 c.

46. **Braquemart** dont la garde offre des branches largement aplaties, ainsi que l'extrémité des quillons. Pommeau ovoïde. Large lame.

Longueur totale, 1 m. 17 c.

47. **Rapière** avec garde à branches contournées. Pommeau conique. Lame passablement conservée.

Longueur totale, 1 m. 27 c.

48. Épée à poignée de forme moderne, dite *de Marquis*. Coquille, garde-main et pommeau en fer, dont les fonds sont damasquinés en or. Les ornements, de très bon goût, sont sculptés et ciselés en relief et se composent de sujets de chasse. Forte lame carrelet, avec ornements et inscription.

Longueur totale, 0 m. 94 c.

49. Rapière à garde en fer et branches contournées et fort bien forgées. Gros pommeau. Lame forte et large à gouttière, avec le monogramme .·. IHS .·. répété de chaque côté.

50. Épée forme moderne, dite *de Marquis*; coquille, garde, garde-main et pommeau en fer damasquinés en argent, d'ornements, rinceaux et arabesques. Lame à quatre arêtes.

Longueur totale, 9 m. 97 c.

51. Rapière avec garde en fer contournée. Toutes les branches ont des renflements au centre. Un des quillons est ressoudé. Grande et belle lame à quatre arêtes, avec inscriptions.

Longueur totale, 1 m. 29 c.

52. Épée de moyenne dimension, avec branches et pommeau ouvragés. Jolie lame portant un soleil et pour marque de fabrique une couronne fleurdelisée.

Longueur totale, 1 m. 16 c.

53. Braquemart de grande dimension, à deux mains, complet et bien conservé. Le pommeau et les boutons des quillons sont en forme de bonnet d'Électeur. Lame forte et large.

Longueur totale, 1 m. 22 c.

54. Épée à poignée de forme moderne, dite *de Marquis*, avec coquille, garde, garde-main et pommeau de fer damasquinés en or d'ornements sculptés et ciselés en relief de très bon goût. Lame-carrelet; bonne conservation.

Longueur totale, 1 m. 00 c.

55. Rapière à garde en fer, avec branches contournées, gros pommeau. Lame avec un animal courant, gravé dans la gouttière. Marque de fabrique.

Longueur totale, 1 m. 18 c.

56. **Braquemart** avec garde, sous-garde, anneau et branches en fer terminés, ainsi que le pommeau, par des boutons à côtes très saillantes et très ouvragées.

Longueur totale, 1 m. 15 c.

57. **Grand glaive d'exécuteur** ou épée à deux mains. La lame, à deux tranchants, porte la marque de fabrique. Bonne conservation. Empoigne ancienne en cuir.

Longueur totale, 1 m. 18 c.

58. **Petite épée** dont la croisette et le pommeau sont ciselés et damasquinés en argent. Jolie lame bien conservée, sur les gouttières de laquelle est gravée, d'un côté : SOLINGEN ME FECIT, de l'autre : un animal courant.

Longueur totale, 0 m. 80 c.

59. **Braquemart** avec garde en fer de bon style. Le pommeau et les boutons des quillons sont à côtes en forme de bonnet d'Électeur. Lame très belle, avec le mot SIGNOR dans la gouttière.

Longueur totale, 1 m. 20 c.

60. **Braquemart** avec têtes de lion au pommeau et aux quillons. Lame bien conservée avec une main tenant un cimeterre pour marque de fabrique.

Longueur totale, 1 m. 26 c.

61. **Braquemart** avec garde de bon style. La garde et la sous-garde sont contournées en branchages. Le pommeau et les boutons des quillons à côtes en forme de bonnet d'Électeur. Lame bien conservée avec le monogramme IHS et la marque de fabrique.

Longueur totale, 1 m. 26 c.

62. **Épée de rempart** à deux mains avec pommeau et garde en torsade et une belle lame.

Longueur totale, 1 m. 74 c.

63. **Rapière** avec garde en fer à branches contournées et garde-main. Grande et forte lame bien conservée, avec marques de fabrique.

Longueur totale, 1 m. 25 c.

64. **Grand couteau de chasse** avec poignée à coquille ciselée à jour. Garde composée de deux branches, l'une terminée par un quillon, l'autre partant de la coquille. Pommeau également ciselé. Lame droite à deux tranchants, large et bien conservée.

65. **Rapière** avec garde en fer à branches contournées. Quillons, garde-main, coquille et pommeau ciselés, découpés à jour. La lame, qui est fort belle, porte dans les gouttières les caractères suivants répétés de chaque côté : RESPICE FINEM, et plusieurs marques de fabrique dorées.

Longueur totale, 1 m. 22 c.

66. **Épée de ville,** forme dite *de Marquis*. Poignée d'acier à jour, coquille ciselée. Lame-carrelet bien conservée et gravée d'arabesques.

Longueur totale, 1 m. 02 c.

67. **Épée de ville,** forme dite *de Marquis*. Poignée d'acier à jour avec coquille, garde-main et pommeau à jour. Lame-carrelet bien conservée, gravée d'arabesques.

Longueur totale, 0 m. 86 c.

68. **Rapière** à garde contournée et à quillons droits. Pommeau ovoïde à côtes. Lame bien conservée, sur les gouttières de laquelle on lit : VNAHM ∽OIX et AHMAM ∽OIX.

Longueur totale, 1 m. 19 c.

69. **Épée de ville,** forme dite *de Marquis*. Poignée à jour, coquille avec ornements de bon style. Lame-carrelet.

Longueur totale, 1 m. 02 c.

70. **Braquemart** avec garde simple de très bon style. Quillons recourbés, pommeau à côtes saillantes. Marque de fabrique des deux côtés de la lame qui est large et bien conservée.

Longueur totale, 1 m. 18 c.

71. **Epée** avec poignée de forme dite *de Marquis*. Coquille, garde-main et pommeau en cuivre ciselés de masques, oiseaux et ornements. Lame-carrelet, forte et longue.

Longueur totale, 1 m. 04 c.

72. **Epée de ville**, forme dite *de Marquis*, à poignée d'acier. Coquille et pommeau gravés et ciselés. Belle lame plate bien conservée avec ces mots gravés dans les gouttières : ✻ INRI ✻ et ✻ MARIA ✻.

Longueur totale, 1 m. 14 c.

73. **Rapière** avec garde en fer, finement découpée à jour. Panier formant deux coquilles. Pommeau complet, allongé en olive. Lame bien conservée.

Longueur totale, 1 m. 17 c.

74. **Epée de ville**, forme dite *de Marquis*. Coquille à jour, garde-main gravé. Lame bien conservée avec ces inscriptions dans les gouttières IOHANNES et TESCHE.

Longueur totale, 0 m. 91 c.

75. **Epée de ville**, forme dite *de Marquis*. Poignée de cuivre jaune, gravée, bien complète, richement ciselée de personnages et ornements et argentée. Lame-carrelet bien conservée.

Longueur totale, 0 m. 90 c.

76. **Epée** avec poignée en fer, de forme moderne. Pommeau à 10 pans. Lame très courte, avec ces mots : IOHANNES et ZVCHINI, gravés dans les gouttières.

Longueur totale, 0 m. 80 c.

77. **Epée de ville**, forme *Marquis*. Coquille, garde-main et pommeau niellé d'argent, avec personnages et ornements en relief. Lame à 4 arêtes.

Longueur totale. 0 m. 90 c.

78. **Epée de ville**, forme dite *de Marquis*. Poignée d'acier, damasquinée d'or. Coquille et pommeau avec trophées. Lame-carrelet.

Longueur totale, 0 m. 99 c.

79. **Epée de ville,** forme *Marquis*. Garde, garde-main et pommeau en acier, gravés d'ornements et casque doré. Lame-carrelet.

Longueur totale, 0 m. 95 c.

80. **Rapière** avec garde en fer et branches contournées. Pommeau ovoïde, le tout ciselé. Longue lame avec cette marque à la sous-garde ᔕ et les lettres AINC, imprimées au poinçon.

Longueur totale, 1 m. 30 c.

81. **Rapière** avec garde en fer à branches contournées. Pommeau semi-conique. Lame grande et forte.

Longueur totale, 1 m. 22 c.

82. **Epée** avec garde en fer, formée de deux branches plates, s'élargissant au centre; deux quillons courbés en bas, plats, s'élargissant aux extrémités. Toutes ces pièces ainsi que le pommeau sont richement gravées d'ornements et médaillons de femme, en relief.

Longueur totale, 1 m. 04 c.

83. **Deux épées,** forme *Marquis* avec gardes ciselées, l'une en cuivre et l'autre en fer.

Longueur totale, 0 m. 92 c.

84. **Sabre** hongrois avec garde. Lame et garnitures gravées et dorées. Fourreau en velours. Pommeau à tête.

Longueur totale, 1 m. 13 c.

85. **Sabre** d'officier de marine. Poignée en ivoire, garniture en cuivre doré.

Longueur totale, 0 m. 83 c.

86. **Couteau de chasse** à manche en corne de cerf. Coquille et garde en cuivre, ciselées d'ornements et gibier. Lame gravée.

87. **Sabre** autrichien, poignée ciselée, bien dorée, tête d'aigle et chiffre JF.

Longueur totale, 1 m. 00 c.

88. **Sabre** de gendarme de la garde royale (1814).

Longueur totale, 1 m. 15 c.

89. **Grand couteau** avec manche en corne, et lame coudée, portant trois marques d'un armurier du Coin-du-Miroir, rue Condé, à Dijon.

90. **Dague** simple à quillons recourbés.

91. **Dague** à garde en fer sculptée et lame découpée à jour.

92. **Poignard** à manche en corne noire, à incrustations de cuivre.

93. **Stylet** à manche en corne de rhinocéros, sculpté à jour de personnages et ornements.

94. **Poignard** à manche d'ivoire sculpté, à cannelures. Lame à talons. Gravé d'ornements très fins et dorés.

95. **Grande dague** italienne, poignée en ivoire avec ornements en cuivre, gravés et dorés. Lame large damasquinée d'or.

96. **Cris** ou poignard indien, ancien, bien complet et doré.

97. **Hache** en fer. Le bouton du manche est terminé par une tête d'aigle.

98. **Masse d'armes,** formée d'entrelacs dorés.

99. **Hache** de confrérie. Manche formé de rondelles, dos avec sujets religieux très bien gravés.

100. **Masse d'armes** en fer niellé d'argent.

101. **Hache** de confrérie. Manche de bois avec incrustations d'os très bien gravées.

ARMES D'HAST.

102. **Épieu** de forme simple, avec lame plate en forme de langue, forte arête au milieu. Grosse douille de forme hexagone.

103. **Pique** forme très simple.

104. **Pique** très simple, étroite et longue.

105. **Pique,** modèle du temps de la Révolution. Lame étroite au bas, avec une forte arête d'un côté.

106. **Pique** en fer provenant de la hampe d'un drapeau. Lame élargie à la base avec arêtes au milieu et arêtes de monture.

107. **Fer d'esponton** à lame plate, évasée et arrondie dans la partie inférieure ; arêtes sur chaque plat.

108. **Pique** en fer de la hampe d'un drapeau. Lame plate à côtes peu saillantes. Douille longue. Bonne conservation.

109. **Hallebarde,** lame longue, large, à petites oreilles, gravée d'ornements. Douille à huit pans ; deux arêtes de monture. Cette pièce, qui a été dorée, est d'une bonne conservation.

110. **Hallebarde** à lame étroite, très longue, à deux gouttières, avec arête au milieu. Petites oreilles. Douille à huit pans. Cette pièce a été dorée.

111. **Hallebarde** emmanchée de l'époque Louis XIII, très finement ciselée et dorée.

112. **Hallebarde** avec lame plate, de moyenne longueur, ayant au centre une arête gravée jusqu'à moitié de sa longueur de rinceaux et de pointillé. La dorure est bien conservée.

113. **Hallebarde** à lame plate. Arête centrale peu saillante, gravée jusqu'à moitié de sa longueur. Petites oreilles. Cette pièce a été dorée.

114. **Hallebarde** à lame très forte. Grosse côte au milieu. Deux oreilles fort grandes contrariées. Deux arêtes de monture.

115. **Pique** de la maison du Roi, avec lame à deux tranchants et arêtes au milieu, procédant d'un soleil à seize rayons, dont huit flamboyants. Autour et contre la face centrale sont encore seize autres petits rayons ciselés, superposés au disque principal. Masque central pareil des deux côtés et très bien ciselé.

116. **Pique** montée avec manche et douille gravés et cloutés de cuivre au-dessus et au bas.

117. **Pique** bien montée avec côte saillante, au centre un ovale au milieu d'un quadrillon à jour. Douille dorée. Remarquable travail.

118. **Pertuisane** ayant été dorée. Grande lame quadrangulaire gravée de personnages.

119. **Pertuisane** avec lame à arêtes et grand croissant.

120. **Grande pertuisane flamboyante** enmanchée. Au centre, un tête de soleil à vingt rayons, dont dix flamboyants et dorés.

121. **Pique** enmanchée, très ancienne, avec hache et marteau.

122. **Pertuisane** à trèfle, gravée et ciselée.

123. **Pertuisane** découpée, gravée et ciselée.

124. **Pertuisane** à mascarons, repercée à jour.

125. **Pertuisane** à lame quadrangulaire, percée de trous ronds formant des dessins.

126. **Jolie pertuisane** richement gravée à jour. Boutons à six têtes, sculptés et dorés.

127. **Épieu ou javeline de chasse,** lame gravée, ornements découpés à jour, médaillons de chimères, en cuivre, rapportés sur chaque face.

128. **Épieu ou javeline de chasse,** avec ornements découpés à jour, et mascarons en cuivre rapportés de chaque côté.

129. **Fauchard** ayant ses arêtes de monture. Bien conservé.

130. **Fauchard** très beau; a ses arêtes de monture.

131. **Fauchard** avec pointe quadrangulaire.

132. **Hallebarde** à trois branches. Celle du centre a des ornements gravés; les deux de côté décrivent une courbe gracieuse en s'écartant du centre.

133. **Fourchon-fauchard-hache,** reperçé à jour, ornements gravés, portant la marque FERT unciade; date, 1579.

134. **Hallebarde** avec gravures dans le bas de la lame, représentant des canons montés. Ailleurs un personnage tenant à la main un cimeterre avec cette inscription : HANNIBALL.

135. **Hallebarde** avec grande lame bien gravée, côtes saillantes Arêtes de monture.

136. **Hallebarde** ayant une partie de son manche. Lame gravée à côtes saillantes et petites oreilles.

FUSILS, MOUSQUETS, ARBALÈTES.

137. **Petit mortier-tromblon** en fer, à lancer des grenades.

138. **Canon** en fer forgé pesant 15 kilogrammes.

139. **Canon** en bronze à six pans.

140. **Canon** en fer forgé, mi-parti rond et à six pans.

141. **Petit fusil**; le bois couvert de jolies incrustations en ivoire finement gravé. Cette arme, bien complète, porte une marque de fabrique.

142. **Grand fusil**, bien incrusté de jolis ornements en filigranes d'acier.

143. **Petit fusil** dont la batterie est finement ciselée et le fût incrusté d'ivoire gravé.

144. **Petite carabine** à canon turc, richement damasquiné d'ornements en or et en argent. Crosse en bois sculpté.

145. **Belle arbalète** avec son cric, tout en fer, bois marqueté.

146. **Petite arbalète** ayant de jolies incrustations de cuivre et d'ivoire de diverses couleurs.

147. **Grande arbalète** portant cette inscription : *Decheu à Besançon.* Incrustations d'os.

148. **Grande arbalète** complète.

149. **Petite arbalète** avec quelques incrustations d'ivoire.

ARMES DÉFENSIVES.

150. **Très beau casque,** forme de chevalerie, bien complet.

151. **Beau bouclier** en fer, bandes et rayons finement gravés d'arabesques dans le style Henri II.

152. **Cabasset** uni, de jolie forme et bien conservé, très complet.

153. **Bouclier** d'acier à rayons jaunes et blancs, bien conservé.

154. **Morion** complet, bien conservé avec personnages gravés.

155. **Bouclier** en cuivre repoussé, très bien conservé et représentant le triomphe d'Amphitryte. Grand nombre de personnages d'un beau relief. Ce bouclier, de l'époque Louis XIII, a une bordure ornée, ciselée et garnie de velours.

156. **Morion** gravé d'arabesques, bonne conservation.

157. **Cabasset** richement gravé d'arabesques, très bien conservé.

158. **Bourguignotte** unie, complète et bien conservée.

159. **Morion** finement gravé, à médaillons. Bonne conservation.

160. **Chanfrein** de l'époque de la Renaissance, bords ourlés en torsades à angles richement brodés d'ornements très fins, avec cartouches appliqués au centre.

161. **Muselière** de forme gothique, découpée à jour.

162. **Cotte de mailles,** sans manches, en deux parties. Mailles très fines.

163. **Grande et forte cotte de mailles,** à grosses mailles; bien conservée.

164. **Cotte de mailles** à manches ; belle conservation.

165. **Cotte de mailles** à manches.

166. **Bavette de casque,** à grosses mailles ; bien conservée.

ACCESSOIRES D'ARMES.

167. **Poire à poudre** gothique en corne de cerf, sculptée, représentant Adam et Eve.

168. **Poire à poudre** en corne de cerf, sculptée, représentant le roi David et Bethsabée.

169. **Poire à poudre** en corne de cerf, richement sculptée. Grand nombre de personnages, Absalon, armoiries.

170. **Poire à poudre** en corne de cerf, sculptée, représentant le baptême de saint Jean.

171. **Grande poire à poudre,** plate, en corne, montée en cuivre. Gravure représentant la chasse au lion.

172. **Grande poire à poudre,** plate, en corne, montée en fer. Figures et paysage gravés.

173. **Grande poire à poudre** en cuivre, ornements et armoiries repoussés.

174. **Petit pulvérin** en acier, damasquiné en argent. Personnages et ornements.

175. **Petit pulvérin** en cuivre, ornements orientaux gravés.

176. **Devant de poire à poudre** en cuivre, émaillé, représentant un chevalier couvert d'une riche armure sur un cheval bien harnaché. Epoque de Henri II.

177. **Grande boucle** en fer avec ornements et têtes sculptés.

178. **Fragment** d'un superbe *devant de poire à poudre* en cuivre doré, découpé et émaillé, de l'époque de Henri II. Personnages et ornements.

179. **Devant de poire à poudre** en cuivre fondu, représentant un cavalier.

180. **Devant de poire à poudre** Renaissance, en fer, repercé à jour. Au milieu d'entrelacs, sont ciselés quatre bustes et un jeune homme terrassant un monstre.

181. **Plaque de ceinturon** en cuivre aux armes de Bourgogne.

182. **Deux boucles de ceinturons,** ciselées de dauphins et d'ornements.

183. **Pommeau** en bronze à tête de loup.

184. **Pommeau** en fer d'un manche de stylet, découpé à jour. Quatre mascarons.

185. **Belle batterie de fusil** richement ciselée de quantité de figures et têtes.

186. **Belle batterie de fusil** en fer, richement sculptée. Personnages et têtes.

187. **Deux belles batteries de fusil** avec ornements sculptés.

188. **Garniture de pistolet,** composée de six pièces en fer, finement gravées et ciselées d'arabesques et animaux.

189. **Poignée, pommeau et garde d'épée** en fer richement damasquinés en argent. Personnages et ornements.

190. 1° **Garde d'épée** en fer richement niellée d'argent; personnages et ornements d'une grande finesse; 2° **Coquille** de même travail.

191. **Bout de canon de fusil** en cuivre ; tête de monstre.

192. **Garde de sabre** en cuivre doré, découpé à jour, présentant divers emblèmes et attributs avec cette inscription : FEDERATION, 14 juillet, etc.

193. **Canon de pistolet** en fer, damasquiné; ornements et personnages sculptés.

194. **Beau canon de fusil** en fer avec portrait, cavaliers et ornements sculptés et ciselés.

195. **Poignée de couteau de chasse** en bronze doré, représentant une tête de renard.

196. **Grande boucle** en fer; ornements et têtes sculptés.

197. **Manche de poignard** en fer sculpté. Joli travail.

198. **Deux très belles bossettes** en cuivre ciselé et émaillé, d'un joli travail. Epoque de Henri II.

199. **Riche bossette** en bronze de l'époque de François Ier. Dans l'entourage, des cartouches d'une grande finesse; au centre, des chevaux en liberté.

200. **Belle bossette** en cuivre. Au centre, un combat de cavalerie.

201. **Bossette** en bronze doré. Au centre, Tarquin et Lucrèce.

202. **Trois bossettes** en cuivre, l'une à rosace, l'autre avec une tête de lion, et la troisième en mascaron.

203. **Fragment d'un éperon** Renaissance, en bronze ciselé, ayant une molette à sept branches.

204. **Une belle paire d'éperons** en fer, ornements en relief, damasquinés d'argent, époque Louis XIII.

205. **Eperon** en fer avec sa boucle, découpée à jour et ciselée.

206. **Eperon** en fer à charnières avec sa boucle.

207. **Petit éperon** moyen âge, en fer doré, fortement entaillé et gravé. Boucle et petite molette.

208. **Eperon** en fer avec une belle molette.

209. **Etrier** gothique d'un remarquable travail.

210. **Vieux mors de brides** à montants courts, sans gourmettes.

211. **Mors de brides** à montants longs, à gourmettes.

212. **Vieux mors de bride** à charnières.

213. **Mors de bridon** en fer, très singulier.

214. **Fragment d'un mors de bride** d'un style barbare.

215. **Croisette de glaive** en fer, terminée par des lions à mi-corps.

216. **Vingt-six pommeaux d'épées** en fer, sculptés de têtes de personnages ou d'animaux, découpés à jour, ou avec bandes gravées ou armoriées.

216 *bis*. **Dix pommeaux d'épées** en fer, ciselés, représentant divers sujets : choc de cavalerie, en fort relief; tête de lion tirant une langue très longue; buste de roi; une tête de soldat casquée; statuettes ; mascarons; gravures, etc.

217. **Quatorze belles lames** de *braquemart*, *rapières* et *épées*, parmi lesquelles une porte l'inscription suivante : 1629, *Solingen me fecit ;* une autre : *Valenciæ*.

218. **Neuf belles lames d'épée** de *rempart*, de *glaives*, de *braquemart* et d'*épées* ordinaires; l'une portant la date de 1629 et le mot : *Solingen ;* une autre, *Valineia ;* une autre portant les armès de France et l'inscription : *Vive le Roi ;* une autre niellée d'ornements en or, etc.

219. **Dix traits d'arbalète.**

220. **Clefs d'arquebuse** en fer avec ornements découpés à jour et gravés; au centre les armes de France. Trouvées à Fontaine-Française.

221. **Tour d'arbalète** à fleurs de lys couronnées, découpées à jour.

222. **Tour d'arbalète** complet avec ses cordes et ses poulies.

223. **Moule à dragées** en cuivre; inscription sur le manche.

224. **Ornements d'harnachement** en cuivre repoussé, en forme de croissant. Style Louis XIII.

225. **Pommeau de coutelas** en cuivre doré, casque empanaché.

226. **Dessus de poire à poudre,** *clef* terminée par une tête d'aigle, une petite *clef d'arquebuse* en fer.

BRONZES

ANTIQUITÉS GRECQUES, ROMAINES, ÉTRUSQUES ET GALLO-ROMAINES

227. Jupiter des Gaules. Statuette en bronze, trouvée, en 1811, à Arc-sur-Tille, climat de la Beaumée, à deux pieds et demi en terre. Ce magnifique bronze, d'une parfaite conservation, a les yeux en argent et présente cette particularité que le manteau qui drape le personnage peut s'enlever et se replacer à volonté, sans que l'équilibre de la stabilité de la statuette soit détruit.

Hauteur, 0 m. 20 c. 25 mill.

Dans le tome Ier, année 1835, des *Mémoires de la Commission des antiquités de la Côte-d'Or*, se trouve une notice détaillée sur cette statuette, par M. Boudot, archiviste du Dépôt.

227 bis. **Bacchus** entouré de pampres; belle patine.

Hauteur, 0 m. 35 c.

228. L'empereur Commode en dieu Mars, recouvert d'une riche armure et d'un casque à cimier. Ornements en argent. Cette statuette, d'un bon travail, a été trouvée à Pontarlier en 1854.

Hauteur, 0 m. 28 c.

229. **Jeune fille** mettant sa ceinture. Cette statuette a été trouvée dans le département de l'Isère.

Hauteur, 0 m. 25 c.

230. **Hercule** tenant une massue. Charmante statuette étrusque. Belle patine noire.

Hauteur, 0 m. 14 c.

231. **L'Abondance.**

Hauteur, 0 m. 06 c.

232. **Belle statuette de jeune homme,** ayant des yeux d'argent et tenant un glaive. Socle en bronze.

Hauteur, 0 m. 16 c.

233. **Hercule** recouvert d'une peau de lion.

Hauteur, 0 m. 12 c.

234. **Domitien** en grand-prêtre. Bonne draperie.

Hauteur, 0 m. 18 c.

235. **Amour** ailé adossé à un pilastre (dieu lare).

Hauteur, 0 m. 07 c.

236. **Minerve.**

Hauteur, 0 m. 13 c.

237. **Jupiter,** belle statuette, bien drapée ; un bras manque.

Hauteur, 0 m. 17 c.

238. **Pâris** blessé à mort. Pièce rare et curieuse, trouvée à Selongey en 1859.

Hauteur, 0 m. 09 c.

239. **Statuette de grande-prêtresse,** bien drapée. La tête manque.

Hauteur, 0 m. 11 c.

240. **Mercure,** statuette de bon style, fracturée.

Hauteur, 0 m. 12 c.

241. Mercure.

Hauteur, 0 m. 11 c.

242. Vénus de Médicis.

Hauteur, 0 m. 10 c.

243. Statuette de génie tenant une trompette.

Hauteur, 0 m. 05 c.

244. Le Discobole.

Hauteur, 0 m. 09 c.

245. Bacchus tenant des raisins. Bronze trouvé dans le vallon de Plombières.

Hauteur, 0 m. 06 c.

246. Enfant tenant un oiseau et adossé à un pilastre (dieu lare).

Hauteur, 0 m. 11 c.

247. L'Aurore, jolie statuette, un peu mutilée.

Hauteur, 0 m. 24 c.

248. Torse de jeune homme. Bon travail.

249. Statuette égyptienne, recouverte d'un dépôt très épais.

Hauteur, 0 m. 20 c.

250. Grand-prêtre égyptien. Cette statuette a les pieds ressoudés.

Hauteur, 0 m. 43 c.

251. Buste d'homme, quart de grandeur naturelle, à grande chevelure et barbe. Trouvé près de Châlons-sur-Marne en 1837 ; provenant du cabinet de M. de Failly.

252. Statuette d'homme ayant une draperie sur le bras gauche.

Hauteur, 0 m. 07 c. 5 m.

253. Statuette d'enfant, pied-gaine.

Hauteur, 0 m. 07 c.

254. **Femme** drapée, tenant une corne d'abondance.
Hauteur, 0 m. 07 c.

255. **Jupiter,** statuette de belle patine.
Hauteur, 0 m. 04 c. 5 m.

256. **Priape** trouvé à Chevigny-Saint-Sauveur.
Hauteur, 0 m. 08 c.

257. **Mercure.**
Hauteur. 0 m. 10 c.

258. **Petit Mercure,** auquel il manque une jambe et un bras.
Hauteur, 0 m. 07 c.

259. **Statuette** étrusque, fracturée.
Hauteur, 0 m. 11 c.

260. **Gladiateur.**
Hauteur, 0 m. 15 c.

261. **Hercule et le serpent Python.**
Hauteur, 0 m. 10 c.

262. **Bras gauche** de statue de femme de moyenne grandeur, trouvé à Perrigny-sur-l'Ognon. Provenant du cabinet de M. Amanton.

263. **Chat égyptien,** bronze bien conservé.
Hauteur, 0 m. 18 c.

264. **Chien.** Joli bronze, bien conservé.
Hauteur, 0 m. 17 c.

265. **Très beau buste de Bellone,** trouvé près de Beaune.
Hauteur, 0 m. 17 c.

266. **Petit buste de Bacchus** enfant, très beau style.

267. **Dame romaine** aux yeux d'argent. Belle statuette, de bon style.
Hauteur. 0 m. 22 c.

268. **Hercule**. Statuette d'une bonne époque. Les pieds manquent.

Hauteur, 0 m. 16. c.

269. **Hercule** ayant sa massue sur la tête. Statuette gauloise d'une jolie patine, trouvée à Autun.

Hauteur, 0 m. 10 c.

270. **Petit Hercule**.

Hauteur, 0 m. 10 c.

271. **Jolie statuette d'homme**, bien complète et d'une belle patine.

Hauteur, 0 m. 19 c.

272. **Cléopâtre** tenant un aspic.

Hauteur, 0 m. 12 c.

273. **Hercule**. Statuette trouvée à Saint-Usage.

Hauteur, 0 m. 11 c.

274. **Femme drapée**. Le diadème est fracturé et une main manque. Statuette d'une belle patine.

Hauteur, 0 m. 12 c.

175. **Mercure**. Statuette d'une bonne conservation et d'une jolie patine.

Hauteur, 0 m. 15 c.

276. **Gladiateur**. Statuette étrusque bien conservée.

Hauteur, 0 m. 15 c.

277. **Petite statuette** de style barbare montée sur un pied.

Hauteur, 0 m. 08 c.

278. **Très jolie petite statuette de Bacchus**, bien complète.

Hauteur, 0 m. 08 c.

279. **Deux figures** à mi-corps, jointes ensemble. Bronze très oxydé.

280. **Prêtre égyptien**. Statuette bien conservée.
Hauteur, 0 m. 16 c. 5 m.

281. **Hercule**. Statuette de très bon style, mais très oxydée.
Hauteur, 0 m. 16 c.

282. **Aiguière** très oxydée.

283. **Grand vase** à bossages et à trois pieds. Le couvercle est surmonté d'une tête casquée.

284. **Charmante buire** avec ouverture en forme de trèfle, manche ressoudé. Belle patine.

285. **Bouilloire** à bec, fracturée.

286. **Vase** de forme oblongue, fracturé.

287. **Buire** à ouverture à trèfle. L'anse manque.

288. **Beau vase cinéraire** avec son couvercle.

289. **Belle anse de chaudron** à tête de femme.

290. **Belle anse de chaudron** à mascarons. Têtes de lions.

291. **Deux grandes anses** à poignées à pans, attaches, pattes palmées.

292. **Belle anse** à anneaux mobiles avec têtes de lions, de dauphins et des coquilles. Bronze d'une belle patine et bien conservé.

293. **Deux grandes anses de seaux**, en torsades, ayant leurs attaches. Belle patine et belle conservation.

294. **Jolie anse** à anneaux mobiles en forme de col de cygne avec des aigles. Belle patine.

295. **Très belle anse** de bouilloire à anneau mobile.

296. **Deux poignées** de module différent et à bagues, et deux autres poignées de forme unie.

297. **Deux grandes anses de vases**, poignées carrées, attaches à rosaces.

298. **Deux grandes anses de vases** avec poignées à six pans. Mascarons sur les attaches, terminés en poires.

299. **Très belle anse de vase**; la partie supérieure terminée par une tête de lion et deux petits animaux à mi-corps, le bas par une palmette. Bonne conservation, belle patine.

300. **Deux fragments de vase**, l'un terminé par deux bustes de femme, l'autre en col de cygne.

301. **Empoigne** à pans, virole au centre à double col de cygne.

302. **Anse de vase** à mascaron et une empoigne.

303. **Triple crochet** à tête avec une grande chaîne.

304. **Objet d'un usage inconnu**, bien conservé; superbe patine.

305. **Miroir étrusque** complet avec personnages gravés.

306. **Miroir** complet d'une bonne conservation, avec personnages gravés.

307. **Miroir** de grande dimension, gravé de personnages et ornements. Le manche manque.

308. **Miroir** sans manche, d'une belle patine, avec personnages gravés.

309. **Deux miroirs** détériorés.

310. **Manche** en forme de tête de cheval. Bon style.

311. **Beau manche de glaive** à tête de bélier et couvert d'écailles; un des quillons est terminé par une tête de lion. Trouvé à Dijon, rue Berbisey.

312. **Superbe poignée de glaive** d'une conservation et d'une patine vert émeraude fort belle.

313. **Joli manche** à virole, terminé par une tête de bélier.

314. **Beau manche** à tige cannelée, terminé par une tête de lion, incrustation d'argent.

315. **Manche** formé d'un lion. Bonne patine.

316. **Sept manches de miroir** gravés. Six terminés par une tête de mule et un par un anneau.

317. **Un manche de miroir** de forme arrondie. Belle patine.

318. **Deux manches de poignards,** dont un à quatre viroles.

319. **Dix poignées de manches et de clefs** présentant des animaux à mi-corps et des têtes d'animaux.

320. **Lion** provenant d'une arme. Bien complet.

321. **Très jolie tête de bœuf,** d'une belle patine, ayant un côté fracturé. Trouvée à Alise.

322. **Pégase** à mi-corps et une autre petite tête de cheval, de bonne époque.

323. **Trois petits paniers** à anse.

324. **Devant de timon** présentant un cheval à mi-corps. Bronze très oxydé.

325. **Devant de timon de char** d'un bon style, à côtes, cols et têtes de cygnes. Belle conservation.

326. **Sistre** à quatre branches, surmonté d'un chat. Belle conservation.

327. **Robinet de bains** terminé par une tête fantastique et la clef formée d'une sirène.

328. **Grand bracelet** en spirale à trois rangs, à côtes saillantes.

329. **Fort bracelet** à côtes très saillantes.

330. **Grand et gros bracelet** en deux morceaux, à côtes saillantes. Belle patine.

331. **Très fort bracelet** oriental, rond, gravé et percé de quatre trous.

332. **Deux armilles** composées d'une tige enroulée et terminée par une large spirale qui s'appuyait sur le bras. Ces deux pièces sont complètes, d'une belle conservation et d'une jolie patine.

333. **Cimier de casque** d'une bonne conservation et d'une superbe patine.

334. **Objet** de forme carrée ayant un manche rond, percé à jour sur toutes ses faces. Usage inconnu, très curieux.

335 **Petit casque de gladiateur.**

336. **Strigilis** d'une belle patine, vert émeraude.

337. **Trépied** formé de trois jambes d'homme sous une draperie. Bonne époque.

338. **Couteau de druide** pour couper le gui. Objet bien complet et d'une belle patine.

339. **Trois masses d'armes** hérissées de pointes. L'une d'elles a été trouvée à Dijon, en 1828, la seconde à Corcelles-les-Monts, et la troisième à Savigny-sous-Beaune.

340. **Vase** à anse, en forme de tête d'impératrice. Cet objet, parfaitement conservé et d'une belle patine, servait à l'exercice du culte dans les temps païens.

341. **Vase** à peu près semblable au précédent.

342. **Passoire** dont le manche est ciselé d'ornements du meilleur style. Cet objet, dont le fond est endommagé, est d'une très belle patine.

343. **Belle casserole** avec quelques gravures sur le manche, qui est brisé.

344. **Belle casserole** ayant été argentée. Sur le manche est gravé le mot NARCISSE. Un peu fracturé.

345. **Jolie petite casserole** bien conservée. — Une autre casserole fatiguée. — Un petit poêlon nettoyé.

346. **Deux poêlons** à manches terminés par un col et une tête de cygne. Belle conservation.

347. **Deux moules à pâtisserie** en forme de cœurs.

348. **Poche** à bec avec son manche. Complète.

349. **Quatre simpulums**, dont un sans manche.

350. **Patère** servant aux sacrifices. Bonne conservation et très belle patine.

351. **Partie d'un superbe trépied** de très bon style. Tête de griffon et griffe.

352. **Une lampe à bascule,** forme ronde, et une autre à chaînette.

353. **Dessus d'enseigne militaire.** Le haut est formé de quatre parties découpées à jour. Belle conservation.

354. **Cinq dessus d'enseignes militaires** de dessins variés.

355. **Dix dessus d'enseignes** de plus petite dimension.

356. **Petit plateau de balances** et un très joli socle.

357. **Coin** ou **ciseau** d'une très belle patine. — Un autre ciseau bien conservé.

358. **Six coins** et **haches** avec anneaux. Bonne conservation.

359. **Trois haches** en forme de langue de bœuf. Belle patine verte.

360. **Trois haches,** dont une de grande dimension. Patine jaune.

361. **Ciseau** large et bien conservé.

362. **Six haches** de différentes grandeurs. Belle patine verte.

363. **Quatorze coins** de forme simple.

364. **Trois poids de romaine** de différentes formes, dont un à cannelures.

365. **Un plomb** de forme simple.

366. **Anneau** avec trois pendants ciselés et des dessins émaillés.

367. **Faune** à mi-corps ayant un bras levé, l'autre manque. Belière à anneau mobile. Bonne conservation et belle patine noire.

368. **Sept dessus d'enseignes militaires.** Patine vert clair.

369. **Lion** de très bon style. Patine noire. La queue est brisée.

370. **Grande et belle clef** avec poignée polygone à petit anneau. Panneton à équerre.

371. **Magnifique clef** découpée à jour, d'une conservation extraordinaire. Belle patine.

372. **Belle clef,** bien complète et de patine jaune.

373. **Jolie clef** à panneton d'équerre.

374. **Trois clefs** de moyenne grandeur, bien conservées, avec anneaux de poignée plats.

375. **Clef** du Bas-Empire à panneton de fer.

376. **Trois jolies clefs de heurtoir** bien complètes.

377. **Douze clefs** de formes variées, à panneton d'équerre.

378. **Douze clefs de heurtoir** de grandeurs et de découpures variées.

379. **Douze clefs** très variées et de formes bizarres.

380. **Trois jolies clefs** dont une terminée par une tête de bœuf.

381. **Deux clefs** forées à grosses empoignes, percées à jour.

382. **Six clefs** à pannetons en fer et un crochet.

383. **Trois clefs-bagues**, dites *d'affranchis*, très bien conservées.

384. **Très belle agrafe de baudrier** bien conservée.

385. **Grande fibule** en argent à torsades, bien complète.

386. **Fibule** en argent richement décorée d'ornements en forme de perles.

387. **Fibule** en argent avec quelques ornements entaillés.

388. **Grande et grosse fibule** à coque, en bronze, gravée.

389. **Enorme fibule** à coque, gravée et de belle patine.

390. **Grande fibule** à côtes anguleuses avec quelques gravures. Belle patine verte.

391. **Grande et belle fibule** bien complète et formée d'enroulemenfs en spirales. Très belle patine vert-clair. Provient de la vente Fould.

392. **Grande fibule** à enroulements en spirales. Belle patine.

393. **Grande fibule** de forme très bizarre avec plaque mobile gravée.

394. **Fibule** à enroulements en torsades, bien complète. Patine d'un joli vert.

395. **Trois fibules** de formes différentes et ayant des gravures ; complètes et bien conservées.

396. **Quatre fibules** à ressorts cachés dans un tube, avec médaillons circulaires.

397. **Trois jolies petites fibules** émaillées, en bronze. Une de ces fibules a au centre un cercle ayant de chaque côté un lozange en émaux cloisonnés, rouges, verts et blancs. Une autre a des plaques circulaires, émaux verts, bleus et blancs. La troisième a des émaux cloisonnés, rouges et verts. Trouvée au mont Auxois.

398. **Fibule** en fer, gallo-romaine. Têtes de chevaux avec émaux cloisonnés, rouges et bleus.

399. **Douze plaques de fibules** de formes différentes, savoir : six gravées, deux émaillées, trois découpées à jour et une circulaire.

400. **Douze petites fibules** de formes variées. Une de ces fibules est argentée, les autres sont gravées.

401. **Jolie petite fibule** à ressort caché dans un quarré avec médaillon circulaire, gravé et incrusté d'argent. Belle patine vert clair.

402. **Douze petites fibules** de formes variées, dont trois gravées, une émaillée, une argentée, une en forme de chien, une autre en forme d'oiseau mobile, une autre avec inscription, etc.

403. **Huit fibules** de formes variées.

404. **Trois bracelets** de forme ovale devant être portés ensemble. Sur une des faces il n'existe aucun travail, les autres sont striées et gravées. Belle conservation.

405. **Bracelet** formé d'une tige cylindrique, dont les extrémités se croisent. Cet objet est strié et d'une belle patine.

406. **Deux bracelets** à tiges cylindriques, striées. Jolie patine.

407. **Six bracelets** de formes variées, dont un à torsades et un gravé.

408. **Quatre bracelets** à tige cylindrique. — Un autre *bracelet*, croisé dans la moitié de son diamètre. — Un *bracelet* terminé par des têtes de serpent. — Un autre *bracelet* cannelé en biais. Trouvé au mont Auxois.

409. **Trois bracelets** à tige cylindrique, dont deux striés, et le troisième faisant plus de deux tours.

409 *bis*. **Deux bracelets**, dont un cylindrique se recroisant, et un autre ovale, décoré de saillies espacées de trois en trois.

410. **Bracelet** rond, creux, orné extérieurement d'un chapelet de demi-perles.

411. **Bracelet** rond ayant la forme d'un bandeau épais avec côtes saillantes et gravures. Patine noire.

412. **Deux bracelets** de grande dimension, à tige cylindrique mince, terminée d'un bout par un renflement et de l'autre par un chaton creux.

413. **Sept bracelets** à côtes saillantes, dont cinq ont été soudés.

414. **Dix petits bracelets** de formes variées.

415. **Gros anneau** orné extérieurement de boules très saillantes.

416. **Animal fantastique.**

417. **Très beau poignard** avec son manche. La lame est brisée. Filets très fins, gravés sur le manche et sur la lame. Belle patine vert émeraude.

418. **Belle lame d'épée** d'une parfaite conservation. Trouvée dans la Saône, près de Pontailler-sur-Saône.

419. **Grande lame de glaive**, soudée, très oxydée.

420. **Lançe de javelot.** Belle patine.

421. **Deux petits glaives** à côtes saillantes ; très bien conservés, et de très belle patine.

422. **Sept lances** de différentes grandeurs, à côtes saillantes. Une d'elles est brisée.

423. **Six lamelles de jaquette militaire.**

424. **Un très beau casque** romain complet, avec cimier.

425. **Deux autres casques** d'une bonne époque, un peu fracturés.

426. **Grands fragments de lame d'épée.**

427. **Beau fragment de harnachement,** doré. Trouvé en 1827, près de Vesvrottes.

428. **Anneau** monté sur une longue douille.

429. **Joli pommeau d'épée** à côtes.

430. **Deux pendeloques,** un *carré* et un *anneau* entourés de boules saillantes.

431. **Quatre anneaux de pugilat,** dont un strié.

432. **Masse d'armes** à pointes saillantes, d'une bonne conservation.

433. **Vingt-deux hameçons** à deux et à trois branches, trois en torsades, d'autres à filets gravés et d'autres à anneaux. Tous en très bon état et de belle patine.

434. **Deux grands hameçons** à une seule branche.

435. **Quatre agrafes** gravées, dont une sans ardillons.

436. **Lame de faucille** gallo-romaine.

437. **Crochet** à charnière mobile avec un manche d'un très joli travail. Objet bien complet et d'une belle patine. Trouvé à Autun.

438. **Trois fuseaux,** dont un à viroles et un à torsades.

439. **Deux grandes épingles à cheveux.**

440. **Joli petit peigne.** Une dent manque.

441. **Lime pour les ongles** avec un manche du meilleur travail. Belle patine.

442. **Douze styles,** *cure-oreilles* et *aiguilles à passer.*

443. **Sept prolibatoires** de différentes grandeurs.

444. **Deux fourchettes** à manches avec torsades.

445. **Petite aiguière** et une *petite mesure.*

446. **Deux tringles.**

447. **Quatre boucles** de différentes formes. Une de ces boucles a été trouvée entre Velars et Plombières en 1828.

448. **Crampon** à tête de femme. Anse, têtes d'enfants et de femmes, masque d'enfant, etc.

449. **Quatre Outils,** un de potier, deux à couper le cuir ; un de tisserand, gravé.

450. **Quatre jolis clous** de belle patine.

451. **Couteau et lame** de poignard.

452. **Trépied.**

453. **Deux charnières** gravées.

454. **Très beau mufle de lion** formant le culot d'une arme. Belle patine.

455. **Buste de femme.**

456. **Deux cloches.**

MÉROVINGIENS.

457. **Grande boucle de ceinturon** avec plaque d'argent richement ciselée. Trouvée dans le Jura.

458. **Grande boucle de ceinturon** niellée d'argent. Trouvée à Charnay.

459. **Grande boucle** à plaque ronde très oxydée.

460. **Grande boucle** avec six clous en bronze.

461. **Plaque de ceinturon** damasquinée en argent et gravée. Trouvée à Dijon en 1830. (Vente Jacquinot-Godard.)

462. **Plaque de ceinturon** damasquinée en argent, gravée d'entrelacs. Trouvée à Dijon, sur la route de Longvic, en 1839. (Vente Jacquinot-Godard.)

463. **Fragment de boucle de ceinturon.** Bronze d'un joli travail.

464. **Belle plaque de ceinturon** avec gravure représentant Daniel dans la fosse aux lions.

465. **Beau poignard** en fer ayant son manche. Il reste encore des fragments d'ivoire et une virole en or.

466. **Fer de flèche** trouvé près l'ancien château de Pagny. (Vente Baudot.)

467. **Fragments d'armes, piques** et **épée.**

468. **Fer de Javeline** avec des barbes à la partie inférieure.

469. **Un marteau** et **deux crochets** à trois dents.

ANTIQUITÉS BYSANTINES.

470. **Trois custodes** avec émaux cloisonnés, verts, bleus et rouges rehaussés d'or.

471. **Christ en croix** sur fond émail bleu, parsemé d'émaux cloisonnés de diverses couleurs et rehaussés d'or.

472. **Mors de chape** (ferrail), avec fond émaillé bleu, semé d'étoiles d'or, sur lequel sont deux saints en relief, nimbés d'émaux rouges et verts, bien complets et rehaussés d'or.

473. **Six plaques** rondes de 0,07 de diamètre, émaillées sur fond bleu avec ornements dorés; dans un écu, au centre, diverses armoiries et émaux cloisonnés, de couleurs variées.

474. **Grand Christ** sur une croix, avec fleurs, ornements et émaux cloisonnés de diverses couleurs, sur fond bleu. Anges aux extrémités.

475. **Deux extrémités d'un coffret,** émaux cloisonnés de différentes couleurs. Au centre, deux apôtres nimbés. Gravures dorées. Bonne conservation.

476. **Petite chasse** émaillée sur fond bleu clair, ornée de quatorze médaillons, au centre desquels sont des anges à mi-corps, nimbés.

477. **Trois Christs** émaillés et dorés.

478. **Beau triptyque** de 0,24 de haut. Au centre, le Christ en croix ayant un saint de chaque côté; émail sur fond d'or parsemé de dessins et entouré d'une bordure d'ornements dorés sur émail bleu. Sur les côtés intérieurs des volets, deux saints avec de très belles draperies en émaux de diverses couleurs et dont les contours sont indiqués par des filets d'or. Inscriptions grecques en

or sur émail blanc. Sur les côtés extérieurs, deux saints gravés, d'une époque plus récente.

479. **Trois grandes plaques** en forme de trèfle, avec émaux cloisonnés bleus et dessins dorés. Au centre, des anges avec ailes dorées.

480. **Navette à encens**, sur le pourtour extérieur de laquelle est une très jolie frise émaillée bleu clair. Sur le couvercle sont deux bossages découpés à jour, sur émaux cloisonnés bleu clair et bleu foncé.

481. **Grande plaque** à fond d'or, représentant le Massacre des Innocents. Huit personnages sur émaux, cloisonnés de diverses couleurs. Inscription.

482. **Grand plat** avec émaux cloisonnés blancs, bleus et rouges. Au centre, des armoiries.

483. **Grande agrafe de chape,** de forme circulaire, ayant au centre le Christ, la Vierge et saint Jean en relief, sur fond en émail bleu foncé. Ornements dorés sur le pourtour, un semis d'étoiles d'or, sur fond d'émail bleu clair. Cet objet est d'une très belle conservation.

484. **Très beau ciboire** bien complet. Le couvercle, la coupe et le pied présentent des scènes de la Passion et des saints finement gravés et dorés, sur fond en émail bleu.

485. **Très belle plaque,** fond émail vert clair, sur lequel sont gravés et dorés des personnages d'un bon style, représentant une scène de la vie de saint Paul. Inscription latine.

486. **Plaque** arrondie du haut; émail de Limoges, champlevé, représentant un apôtre d'une carnation blanche et ayant des vêtements bleus de deux tons différents. Fond d'or traversé de deux bandes vertes sur lesquelles sont des inscriptions.

487. **Deux plaques** arrondies du haut, fond d'or sur lequel sont, en émail vert, saint Simon et saint Jude. Bonne conservation.

488. **Grande châsse** bien complète, fond émail bleu clair. Quatorze médaillons, cadres blancs sur fond d'émail vert. Au centre, des anges ailés à mi-corps, nimbés, roses et blancs. Crête gravée, dorée et découpée à jour.

489. **Plaque** ronde, émail de Limoges de diverses couleurs. Au centre, un homme nu et deux salamandres finement gravés et découpés à jour.

490. **Coupe** ornée de quatre médaillons, émail bleu et rouge. Au centre, des animaux fantastiques.

491. **Châsse** bien complète, à fond d'or gravé. Sur le couvercle, le Christ et deux saints en relief; au bas, quatre saints en relief; sur la crête, une croix et six petites tiges terminées par des boules.

492. **Le Père Éternel** et une sainte en prière, deux hauts-reliefs à mi-corps, dorés.

493. **Un dessus de croix** et **deux dessus de custodes,** émaux en champs-levés.

494. **Très belle paire de chandeliers** à trois pieds gravés, entre lesquels existent des ornements découpés à jour et gravés, et ayant au centre des enfants dont les pieds reposent sur une tête de monstre. La tige est ornée de quatre virolles découpées à jour. Un des chandeliers a été réparé.

495. **Bronze** roman doré, représentant un Christ en croix avec cette inscription : NASARENUS REX — 1200.

496. **Diptyque** formé de deux plaques arrondies du haut, fond d'or finement gravé, sur lequel sont en haut-relief un ange et la sainte Vierge. Objet bien complet et doré.

497. **Fragment d'un diptyque :** Trois personnages en relief représentant l'Adoration des Mages, doré (XIIIe siècle).

498. **Cinq anges** à mi-corps, provenant d'une châsse, et deux plaques rondes émaillées. (Gothiques.)

499. **Ornements** d'une croix processionnelle, dix pièces : le Père Éternel, six saints et saintes, un aigle, un lion et un bœuf.

500. **Christ** doré.

501. **Cinq pièces de cuivre** repoussé et doré, ornements d'une croix processionnelle.

502. **Grande croix processionnelle** à double face. Le Christ manque.

503. **Grande croix processionnelle** complète. Ornements ajustés, repoussés et dorés.

504. **Neuf pièces** en cuivre repoussé et doré. Ornements d'une croix processionnelle.

505. **Belle croix fleurdelisée** avec chatons émaillés.

506. **Ornements d'une croix**, composés de neuf pièces en cuivre repoussé. Le lion manque.

ANTIQUITÉS GOTHIQUES.

507. **Grande croix processionnelle** en cuivre repoussé, richement dorée. Huit mascarons, anges et animaux, gravés et dorés sur fond émail bleu. Base garnie de chatons émaillés.

508. **Grande croix processionnelle** en laiton repoussé et argenté. Christ et Vierge nimbés.

509. **Garniture d'une croix processionnelle** en cuivre repoussé, composée de cinq pièces : le Père Éternel et quatre saints.

510. **Garniture d'une croix processionnelle** composée de huit pièces en cuivre repoussé : le Père Éternel, quatre saints et trois animaux.

511. **Deux Christs** en bronze coulé, l'un nimbé, l'autre doré.

512. **Base d'une croix** dorée à chatons.

513. **Superbe ostensoir** à clochetons en cuivre, finement travaillé et doré, d'une bonne conservation.

514. **Grand et beau reliquaire** en cuivre doré, à six pans découpés à jour. Cet objet, acquis de M. Faibvre, provient du trésor de l'église Saint-Philibert, de Dijon.

515. **Reliquaire** de forme carrée en cuivre rouge doré. Au centre, un clocheton surmonté d'une croix.

516. **Sainte couronnée** tenant un sceptre. Bronze creux.
Hauteur, 0 m. 18 c.

517. **Bas-relief** très saillant, en cuivre repoussé, représentant une crèche, doré.

518. **Enfant Jésus au maillot,** formant reliquaire.

519. **Trois Vierges** sur des consoles. L'une de ces Vierges est dorée et porte une couronne. Les autres ont des robes dorées et des manteaux argentés et sont nimbées.

520. **Deux petits anges** nus en ronde-bosse, avec ailes et cheveux dorés.

521. **Deux petits anges adorateurs** avec vêtements de beau style, richement dorés.

522. **Deux grands nimbes** en cuivre doré, provenant de l'abbaye de Cluny.

523. **Petit plat** en métal argenté, avec chiffre gothique gravé et doré au centre.

524. **Saint Hubert** en costume de chevalier à genoux, et un beau cerf portant la croix entre ses bois, dont un manque.
Hauteur, 0 m. 26 c.

525. **Saint Paul** descendu dans le puits. Grand bas-relief repoussé, très saillant. Dix personnages de très bon style, bien dorés, les figures et les mains de couleur naturelle (vente Baudot).

Hauteur des personnages, 0 m. 20 c.

526. **Jésus au jardin des Olives**, bas-relief oblong repoussé. Au fond, vue d'une ville, au premier plan, plusieurs personnages dont les vêtements sont richement brodés. Parties dorées et argentées.

527. **Six chandeliers**, quatre bien complets, deux ayant des pieds fracturés.

CUIVRES ET BRONZES RENAISSANCE.

528. **Deux pieds de reliquaire** en cuivre doré; un ayant des écussons en argent et des chatons rouges.

529. **Ange à genoux**, ronde-bosse, cuivre rouge bien doré, jolie draperie. Les ailes manquent.

530. **L'adoration des Mages**, sur un socle ovale découpé à jour, quatre personnages ronde-bosse : la sainte Vierge assise, un Mage à genoux, les deux autres debout.

Hauteur, 0 m. 26 c.

531. **Grand Christ** sur une croix en bois noir, aux extrémités de laquelle sont des bas-reliefs finement composés, représentant saint Jean, saint Luc et saint Marc.

532. **Bel ostensoir** en cuivre doré, supporté par trois lions. Autour du pied sont les douze apôtres à mi-corps. La panse de la tige représente la Cène. La lunette, qui est supportée par des anges, est entourée par des chatons d'ornements découpés et de rayons flamboyants; au dessus, deux anges à genoux. Bonne conservation et belle dorure.

Hauteur, 0 m. 50 c.

533. **Grande croix d'autel** en cristal de roche, pied en cuivre repoussé et doré.

Hauteur, 0 m. 60 c.

534. **Joli chandelier** en cristal de roche et cuivre repoussé et doré.

Hauteur, 0 m. 40 c.

535. **Pied d'ostensoir** doré d'une très grande richesse d'ornement du meilleur style.

536. **Pied d'ostensoir** doré richement, décoré de saints, têtes d'anges et d'ornements.

537. **Pied d'ostensoir** doré, orné de têtes d'anges et instruments de la Passion.

538. **Ciboire** complet, style Louis XIII, repoussé et doré, avec têtes et ornements.

539. **Reliquaire** doré et gravé, surmonté d'une croix.

540. **Paix** en cuivre rouge doré, représentant sainte Catherine dans une niche plein-cintre.

541. **Paix** en cuivre doré représentant le Christ au tombeau; au fond, une ville; au-dessus, le Père Éternel. Inscription et la date de 1636.

542. **Paix** cuivre rouge argenté. *Mater dolorosa,* travail italien.

543. **Petite paix**, d'une jolie composition, riche et bien agencée.

544. **Trois lions** en cuivre doré. Pieds de reliquaire.

545. **Bas-relief** en cuivre coulé et doré, très finement ciselé, représentant le buste du Christ.

546. **Deux vexillaires** avec jolis ornements dorés.

547. **Deux couvercles de ciboire** en cuivre doré, avec têtes d'anges etornements Louis XIII.

548. **Beau coffre** Renaissance en cuivre repoussé et ciselé. Sur le couvercle, Adam et Eve au milieu du paradis. Sur le pourtour, Jésus, la sainte Vierge, les Évangélistes et des scènes de la Passion.

549. **Chandelier** en laiton repoussé, style Louis XIII.

550. **Paire de t ès beaux chandeliers** Renaissance, en bronze ciselé, à trois pieds formés d'enfants ailés, terminés en tritons. Une des bobèches a été changée.

551. **Deux petites clochettes d'autel** avec des reliefs, représentant le Christ, la Vierge et des saints.

552. **Torse d'homme** n'ayant qu'une partie des jambes. Antique bien conservé.

Hauteur, 0 m. 20 c.

553. **Cheval** sur un socle en marbre. Antique.

Hauteur, 0 m. 16 c.

554. **Grand trépied de chandelier** orné de griffes et têtes, animaux en ronde-bosse, sur des feuillages.

Hauteur, 0 m. 17 c.

555. **Paire de chandeliers**. Animal fantastique portant une tour en haut de laquelle est un personnage lançant une pierre. Bonne conservation.

Hauteur, 0 m. 15 c.

556. **Bélier.** Bronze curieux couvert de gravures bizarres.

Hauteur, 0 m. 12 c.

557. **Beau cerf** bien complet. Le corps et les jambes sont gravés.

Hauteur, 0 m. 20 c.

558. **Joli petit torse d'homme** d'un bon style. Bronze florentin imitant l'antique.

559. **Magot** monté sur un buffle. Beau bronze chinois, bien conservé. Patine noire.

Hauteur, 0 m. 25 c.

560. **Divinité indienne** de forme humaine, richement costumée, tête de singe et les mains jointes. Très bonne conservation.

Hauteur, 0 m. 35 c.

561. **Divinité indienne**. Femme ayant une haute coiffure et quatre bras, tenant divers objets.

Hauteur, 0 m. 21 c.

562. **Statuette gothique** en bronze très épais, représentant une sainte; jolies draperies.

Hauteur, 0 m. 28 c.

563. **Antinoüs.** Joli bronze florentin sur un socle en marbre vert de mer.

Hauteur, 0 m. 20 c.

564. **Charmante statuette de Vénus** sur socle en marbre noir.

Hauteur, 0 m. 18 c.

565. **Bonne épreuve du Mercure de Jean de Bologne,** bronze florentin.

Hauteur, 0 m. 32 c.

566. **Tête de faune** en bronze noir, avec yeux et dents d'argent. Vêtements et couronne de lierre doré.

Hauteur, 0 m. 20 c.

567. **Buste de Vespasien.** Beau travail florentin.

Hauteur, 0 m. 25 c.

568. **Buste d'empereur romain.** Beau bronze.

Hauteur, 0 m. 25 c.

569. **Dame portant un panier**. Joli bronze d'une très grande finesse.

Hauteur, 0 m. 21 c.

570. **La fileuse et le joueur de cornemuse**. Statuettes assises formant pendants.

Hauteur, 0 m. 16 c.

571. **La Charité**, bonne statuette nue ainsi que les deux enfants.

Hauteur, 0 m. 20 c.

572. **Deux Hercules** faisant pendants. Bronzes florentins dorés, sur des socles en bronze aussi dorés.

573. **Très bonne épreuve de l'Hercule Farnèse**. Bronze florentin bien doré.

Hauteur. 0 m. 20 c.

574. **Statuette** représentant une Muse. Travail d'une grande finesse d'exécution. Bronze florentin.

Hauteur, 0 m. 28 c.

575. **Deux statuettes** bien drapées. Bronzes florentins.

Hauteur, 0 m. 24 c.

576. **Lampe**, façon antique, sur un trépied surmonté d'une tête grotesque avec barbe en feuillage. Bronze florentin.

Hauteur, 0 m. 18 c.

577. **Joli cheval**. Bronze florentin provenant de la vente Ripault.

Hauteur, 0 m. 13 c.

578. **Bacchus** tenant un flacon et une coupe. Joli travail florentin.

Hauteur, 0 m. 13 c.

579. **Henri IV**. Buste en bronze sur socle en cuivre ciselé et doré.

580. **Bas-relief** en médaillons, représentant Vénus aux cheveux flottants. Bronze florentin.

Hauteur, 0 m. 12 c.

581. **Bacchanale d'enfants**. Bas-relief florentin.

Hauteur, 0 m. 25 c.

582. **Sainte**. Charmante statuette en cuivre repoussé, presque ronde-bosse. Les draperies sont bien comprises ; l'agrafe du manteau est formée d'une améthyste. Bronze gothique bien doré.

Hauteur, 0 m. 29 c.

583. **Le Christ**. Petit groupe en bronze florentin.

Hauteur, 0 m. 15 c.

584. **Buste** du temps de Henri II. Bronze florentin.

Hauteur, 0 m. 12 c.

585. **Grande statuette d'Hébé** ayant l'aigle à ses pieds. Bronze florentin.

586. **Deux bustes de philosophes de la Grèce**, de grandeur naturelle. Bronzes Keller.

587. **Henri IV et Marie de Médicis**. Beaux bronzes de l'époque, sans retouche.

Hauteur, 0 m. 25 c.

588. **Pluton et Proserpine**. Grandes statuettes sur beaux socles en marbre.

Hauteur, 0 m. 37 c.

589. **Grand buste de femme**, de beau style, monté sur un socle en marbre blanc, orné d'un bas-relief en bronze.

Hauteur, 0 m. 26 c.

590. **Saint Nicolas**, en cuivre repoussé, ronde-bosse, ciselé et argenté, portant la date de 1650.

Hauteur, 0 m. 41 c

591. **Vénus et Adonis,** deux statuettes formant pendants. Style Louis XIV.

Hauteur, 0 m. 34 c.

592. **Vierge Immaculée,** style Louis XIII.

Hauteur, 0 m. 52 c.

593. **Mars et Minerve.** Grandes statuettes Louis XV.

Hauteur, 0 m. 46 c.

594. **Deux jolies têtes d'enfants,** sur socles en bronze.

Hauteur, 0 m. 13 c.

595. **Joli buste de Louis XV,** sur socle Louis XVI, en cuivre, ciselé et doré.

Hauteur, 0 m. 21 c.

596. **Nymphe,** petite statuette sur socle en marbre.

597. **Sainte Anne et la sainte Vierge,** nimbées. Beau bas-relief en bronze coulé, avec cette inscription en haut : SANCTA ANNA.

598. **La Vierge et l'enfant Jésus.** Bas-relief en cuivre rouge finement ciselé, dans un cadre ancien en bois sculpté.

599. **Les Anges adorant le Christ.** Beau bas-relief en bronze coulé. Bonne composition, bien ciselé.

600. **La Vierge et saint Jean.** Deux repoussés bien dorés, provenant d'un pied de croix style Louis XIV.

601. **La Vierge et l'enfant Jésus** dans un très bel entourage de rinceaux et fleurs. Bas-relief coulé, richement doré.

602. **La Vierge tenant un lis et ayant l'enfant Jésus sur ses genoux; les Mages dans le lointain.** Bas-relief gothique, repoussé et bien doré.

603. **Le repas de la sainte Famille,** dans un joli site. Bas-relief en bronze coulé, très bien ciselé, du XVIe siècle.

604. **Descente de croix**. Bas-relief ovale repoussé, assez saillant, très fin et bien doré.

605. **La sainte Famille, saint Jean et sainte Anne**. Bon petit bas-relief en bronze coulé et doré, du XVIe siècle.

606. **Devant de serrure** en cuivre rouge doré, richement décoré de figures, armures et ornements bien ciselés, aux armes d'Est.

607. **Joli petit pulvérin** en cuivre doré, décoré de chevaux et d'une scène mythologique.

608. **Portrait haut-relief de Voyer-d'Argenson** dans un charmant entourage d'attributs, ornements et armoiries d'un excellent travail. Beau médaillon en bronze coulé, style Louis XV.

609. **Portrait en profil de Henri II**, presque de grandeur naturelle, sans fond. Bronze coulé ayant été argenté.

610. **Deux grands médaillons** représentant des personnages historiques en profil; bronze en haut-relief, bien dorés, ciselés avec art et appliqués sur du marbre blanc, dans des cadres en bois sculptés et dorés, style Louis XIV. La femme est jeune et a les cheveux flottants, avec des fleurs et des bandelettes. Le jeune homme a des fleurs dans des cheveux courts.

Hauteur, 0 m. 70 c.

611. **Quatre Pères de l'Église**: saint Ambroise, saint Jérôme, saint Grégoire et saint Augustin. Hauts-reliefs en cuivre rouge bien doré. Excellent travail Renaissance.

612. **Beau Christ** en bronze doré, sur une croix d'ébène, avec un pied à gradins, rocaille en bronze doré.

613. **Deux charmants Amours** provenant de candélabres. Beaux bronzes verts sur pieds, en marbre blanc, avec ornements dorés. Les girandoles manquent.

614. **Une paire de très grandes appliques**, à deux branches, du plus beau rococo. Ciselure remarquable, excellente dorure.

615. **Un lion et un chien**. Bronzes sur de très jolis socles, rocaille en cuivre, ciselé et doré.

616. **Eléphant** en bronze, sur un charmant socle Louis XVI, en cuivre ciselé et doré.

617. **Bénitier** à anse en bronze, complétement brodé d'ornements de la plus grande richesse; au-dessous les armes des Grimani. Style Renaissance.

618. **Petit mortier** aux armes de France. Cinq écussons, dix fleurs de lis.

619. **Joli petit mortier,** style Renaissance, orné de mascarons très fins.

620. **Mortier** décoré de fleurs de lis, avec une inscription en caractères gothiques.

620 *bis*. **Trois mortiers**: l'un portant la date de 1668, un autre ayant quatre cariatides et quatre mascarons, au chiffre de Charles IX, et le troisième décoré d'ornements italiens.

621. **Deux poids** à anses mobiles, en cuivre, avec tenons, cariatides, fermoirs, chevaux, etc.

622. **Belle marmite,** style Renaissance, bordure ornée, trois pieds formés de chimères.

623. **Beau chenet** en bronze italien, en forme de sphinx, d'un caractère féminin très accentué.

624. **Grands chenets** Renaissance, formés de vases ornés de feuilles et de fruits, terminés par des fleurs et montés sur des pieds ornés de rinceaux, avec écussons au centre.

625. **Paire de chenets** Renaissance, formés de vases ornés de rinceaux et montés sur des pieds richement ornés; au bas, des écussons, dans lesquels sont gravées des armoiries.

626. **Étalon,** mesure en bronze du XIVe siècle. Sur le pour-

tour extérieur cette inscription : *Estalon de la cope de Bagié.*

627. **Belle et complète garniture de commode,** composée de dix-huit pièces : poignées, entrées de serrure, milieux, dessus et pieds.

628. **Garniture complète de commode,** à grosses têtes, composée de trente-trois pièces.

629. **Garniture de commode,** composée de deux tête assorties, trois coins à dragons, deux coins à jour rococo, longs et minces, et.de trois pièces différentes.

BIJOUX

630. **Belle chevalière** en argent, gravée de trophées d'armes. Le chaton est formé d'une médaille d'Adrien.

631. **Bague** en argent, dont le chaton est formé d'une médaille de Vespasien.

632. **Chevalière** en argent à cannelure. Chaton formé d'une médaille romaine.

633. **Bague** en argent avec un gros chaton formé d'une améthyste.

634. **Bague** gothique en argent, niellé en partie, avec cabochon améthyste.

635. **Bague** du XVIe siècle, en argent doré, avec pierre rouge double.

636. **Bague** gothique en or, avec cette inscription : S. JEHAN BONOST.

Valeur, 55 fr.

637. **Bague** en or avec armoiries servant de cachet. Trouvée au château de Montmirey.

Valeur, 34 fr.

638. **Bague** en or, dite *chevalière*, avec cette inscription : AVE DOMINE.

639. **Bague** en or, masque antique.

640. **Bague** en or avec un petit camée, nègre. Trois couches.

641. **Bague** en or avec un jaspe sanguin, gravé, et représentant les trois Grâces.

642. **Jolie croix d'or** émaillée avec trois pendeloques en or.
Valeur intrinsèque, 28 fr.

643. **Croissant** en argent, ayant servi de décoration de chevalerie hollandaise.

643 *bis*. **Boucle de chemise** en argent, avec une inscription en caractères gothiques anglo-saxons.

644. **Petite cassolette** en forme de poire, agate, montée en argent doré.
Poids, 21 grammes.

645. **Très joli étui de bague** en lapis-lazuli, monté en or.

646. **Bel étui** en filigrane d'argent doré.

647. **Joli étui** en écaille, recouvert de vernis Martin, rose et or; garniture en or.

648. **Très belle montre** Louis XV en or, à toque, richement ornée d'emblèmes et de guirlandes en or de diverses couleurs. Elle est contenue dans une double boîte en écaille et or. Clef et cachet de même travail. Bonne conservation.

649. **Boîte de Burgos**, montée en or. Belle conservation.

650. **Grande tasse** à anse, en argent doré. Très jolis ornements repoussés, style Louis XIV.

651. **Joli reliquaire** ovale, en argent doré, à double face, orné extérieurement d'une découpure à jour.

652. **Deux charmantes buirettes** en argent doré, ornées de têtes d'anges, et ornements d'un bon travail.
Poids, 597 grammes.

653. **Hanap** en argent doré ornements rapportés, en argent. Inscription.

654. **Hanap** en argent, repoussé et doré en partie. Cet objet porte une inscription allemande et la date de 1658.

Poids, 124 grammes.

655. **Grand et très beau bénitier** en argent repoussé. Une grande plaque ovale au centre présente dans un encadrement la Vierge et l'enfant Jésus, entourés d'anges, de têtes et de fleurs de lis.

656. **Christ formant bénitier.** Au pied et de chaque côté du Christ sont des petits anges en ronde-bosse.

657. **La tête du Christ,** peinture russe. Le cadre, les vêtements, le fond et les accessoires sont en argent repoussé, d'un beau travail.

Poids, 152 grammes.

658. **Jolie couronne,** façon rocaille, en argent fin.

Poids, 122 grammes.

659. **Deux ceintures de femme,** en argent, à chaînettes entrelacées de médaillons de distance en distance. Très finement travaillés.

Poids, 517 grammes.

660. **Jolie agrafe** en cristal, montée en argent.

661. **Agrafe de chape** en argent, en forme d'étoile, à six branches et à douze chatons saillants.

662. **Pomme de canne** ornée de quatre personnages.

663. **Deux petits cadres** en argent doré, Louis XIII. Un ovale gravé.

664. **Cachet** en jaspe noir, gravé et monté en argent.

665. **Cachet** en argent avec armoiries.

666. **Cachet** en argent avec armoiries de Hureau de Senamont.

667. **Beau cachet** en argent à trois faces avec armoiries mobiles.

668. **Grand manche de cachet**, formé d'enfants tenant des écussons surmontés d'une couronne de comte.

669. **Portrait de femme.** Charmante mignature sur vélin, dans un étui en galuchat, monté et orné en or, de l'époque de Louis XIV.

670. **Quatorze petites rosettes,** découpées à jour et montées sur une tige en argent.

671. **Paire de boucles d'oreilles** en grenats, montés en argent.

672. **Seize pierres** gravées, cornaline et jaspe, avec armoiries.

673. **Amulettes** en pierre dure, travail barbare.

674. **Sceau** en argent à anneau mobile. Sur une face en creu le portrait de Louis XII ; sur l'autre, le même personnage, en relief et en or.

BOIS SCULPTÉS

675. **Grand retable d'autel**, bois sculpté, peint et doré, trente-un personnages et animaux. Très bon travail du XVe siècle.

Grandeur des personnages, 0 m. 40 c.

676. **Calvaire**, bois sculpté, doré et peint, divisé en trois groupes : celui du milieu, le crucifiement; celui de gauche, le portement de croix; celui de droite, la descente de croix. Vingt-deux personnages et animaux. Sculpture en chêne du XVe siècle. Bonne conservation.

Grandeur des personnages, 0 m. 31 c.

677. **L'adoration des Mages**, sous un dais de découpures gothiques, à jours, de la plus grande finesse. Sept personnages ronde-bosse très bien groupés. Joli travail du XVe siècle.

Hauteur totale, 0 m. 90 c.

678. **Charmante crèche** composée de vingt-un personnages et animaux, ronde-bosse. Sur le toit de l'étable, un groupe de bergers et les Mages à cheval.

Hauteur, 0 m. 60 c.

679. **L'Annonciation**. Charmant petit groupe peint et doré. Sous un dais, la Vierge est agenouillée devant un prie-dieu gothique.

680. **Trois anges** à mi-corps, dans un nuage, tenant un livre ouvert. Bois de chêne gothique.

681. **Saint Hubert** en costume de chasseur, à genoux dans une forêt, devant un cerf poursuivi par un lévrier. Le cheval est bien harnaché. Un ange apparaît dans le ciel. Haut-relief en bois de noyer, gothique.

682. **Saint Luc.** Statuette gothique en bois de chêne doré. Figure et accessoires en couleur.

683. **La Vierge et l'enfant Jésus,** en chêne sculpté en ronde-bosse et doré, gothique.

684. **La mort de la sainte Vierge.** Grand groupe de trois figures en ronde-bosse. Châtaignier doré.

685. **La mort de la sainte Vierge.** Grand bas-relief très saillant, comprenant treize personnages, exécuté d'après un tableau de Jean de Bruges, qui est au château de Grancey, à Saint-Maurice-en-Valais. Gothique.

686. **Le Père Éternel** sortant d'une nuée frangée. Sculpture en ronde-bosse.

687. **Le Christ entre les deux larrons.** Très joli petit bas-relief en buis, d'après Albert Durer.

688. **Croix** gothique, dont le pied et les bras sont de forme cylindrique. D'un côté, le Christ; de l'autre, le Père Éternel et une *Mater dolorosa*. Dans le dessus, six petites niches dans lesquelles sont des saints.

689. **La Trinité,** haut-relief en bois de noyer, du plus beau gothique. Le Père Éternel, assis sous un grand arc ogival et coiffé de la tiare, tient le Christ en croix. Le Saint-Esprit sort de sa bouche.

690. **Très joli petit diptyque** en palissandre, bordé d'ivoire. D'un côté, l'adoration des Mages; de l'autre, le Calvaire. Très bon travail, comprenant quarante-cinq personnages.

691. **Charmant petit coffret,** sur le couvercle duquel sont des ornements et des inscriptions gothiques. Sur une des faces

sont des personnages, les armes de France et la lettre H, répétée quatre fois; sur l'autre, des dames et des armoiries.

692. **Coffret** en ébène. Les extrémités, ainsi que le couvercle qui est divisé en deux compartiments, sont de forme arrondie et complétement recouvertes de rinceaux, de personnages et d'animaux d'une bonne exécution.

693. **Sainte Barbe**. Haut-relief colorié.

694. **Personnage en costume monastique**, sortant d'une nuée frangée, soutient une colonne et porte sur son épaule deux disciplines. Sculpture gothique, ronde-bosse. Bois de noyer.

695. **Grande châsse**. Au fond, la Vierge, sur un croissant, tient l'enfant Jésus entouré d'un nimbe flamboyant. Dorure et coloration bien conservées.

696. **Moïse tenant un livre**. Très bonne sculpture gothique en chêne doré.

697. **Quatre bas-reliefs** hindous. Personnages d'une grande richesse de costumes.

898. **Tête grotesque** coloriée, couverte d'un capuchon. Buste en chêne presque de grandeur naturelle.

699. **La Vierge et l'enfant Jésus**. Les cheveux et la couronne sont dorés. Ce groupe, de style Renaissance, provient du cabinet Baudot.

700. **La Vierge et l'enfant Jésus**. Groupe en tilleul de l'époque de Louis XIV.

701. **L'évanouissement de la Vierge**. Groupe composé de quatre personnages finement exécutés. Sculpture Renaissance, en chêne peint en gris.

702. **Deux bas-reliefs**, de forme ronde, en poirier, l'un représentant Jésus portant sa croix, et l'autre le martyre de saint Bénigne. Excellente sculpture portant la date de 1600.

703. **Très beau peigne** gothique, frises et dessins variés découpés à jour. Au centre sont deux parties pleines contenant des inscriptions.

704. **Six têtes** variées, presque de grandeur naturelle. Sculptures en bois de chêne, de Hugues Sambin, provenant de la Sainte-Chapelle de Dijon.

705. **Deux panneaux** demi-circulaires, découpés à jour, avec tête d'ange au-dessus.

706. **Grand panneau** de bois de noyer, aux armes de Laverne. Casque grillé supporté par deux sphinx en forme de femmes ailées, dont le corps est terminé en queue de dragon. Sous le ventre sont trois mamelles très développées. Sculpture bien conservée et d'une belle exécution.

707. **Tête de Bellone** entourée d'ornements et bandelettes. Haut-relief en chêne. Sculpture Hugues Sambin.

708. **Grande frise** en chêne, sculpture Hugues Sambin. Au centre, deux enfants tenant une tête, et de chaque côté des enroulements terminés par des enfants et des oiseaux.

709. **Chapiteau-pilastre** composé d'enfants nus se faisant face et de feuillages. Sculpture en châtaignier provenant de la Sainte-Chapelle.

710. **Deux enfants** soutenant un écusson aux armes de Rabutin, commandeur. Fragment de boiserie en chêne.

711. **Manche d'écran** chinois en bois de palmier. Des habitations et des personnages très finement sculptés à jour.

712. **Bénitier** ayant au centre un chiffre entouré de palmettes, rinceaux et coquilles découpés à jour. Très joli travail.

713. **Personnage grotesque et barbu**, ayant sur la tête un oiseau. Casse-noisette en bois fruitier.

714. **Deux petits bâtons** richement décorés de figurines et ornements d'une grande finesse. Anneaux libres taillés dans le même morceau de bois.

715. **Deux cuillers,** dont l'une a un manche formé d'un personnage à longue barbe, et l'autre porte à l'extrémité du sien un petit torse d'un travail très fin.

716. **Râpe à tabac** en fruitier, avec rinceaux et buste de femme, finement sculptés.

717. **Grande râpe à tabac.** Au dessus sont les armes de France supportées par deux génies. Au centre, des attributs guerriers. Au bas, un garde-française sur des fortifications.

718. **Vierge** d'un travail très fin. Une main manque.

719. **Une Vierge à l'enfant** en bois doré, provenant du cabinet Baudot.

720. **La Vierge tenant l'enfant Jésus,** entourée d'un nimbe flamboyant. Elle a les pieds sur un dragon et porte une robe argentée et un manteau doré. Les chairs et les accessoires sont de couleur naturelle.

721. **Cavalier** provenant d'un jeu d'échecs, et un buste provenant d'un manche de contre-basse.

722. **Grand bas-relief** en noyer, représentant la Sagesse entourée des sciences et des arts et terrassant l'Ignorance. Un génie la couronne.

723. **Deux anges** formant cariatides. Sculpture en chêne, par Dubois.

724. **Danse flamande.** Petit bas-relief doré, dans un cadre.

725. **Bellone entourée de trophées.** Charmante composition d'un bon travail.

726. **Croix.** Sculpture russe très fine.

727. **Console-support** en chêne sculpté, d'une grande finesse, bien dorée. Style Louis XIV.

728. **Cadre** rond, chêne sculpté et doré. Style Louis XIV.

729. **Joli pulvérin,** de forme ronde, orné au centre d'un mascaron à quatre visages, et dans le pourtour de combats d'animaux. Objet d'un beau travail.

730. **Deux coffrets** en bois, recouverts de figures et ornements en composition; un de ces coffrets représente l'histoire d'Arthur. Travail Renaissance excessivement fin.

CÉRAMIQUE

731. **Vase grec** à fond noir, décoré d'ornements rouges et blancs. Provenant du cabinet Baudot.

732. **Deux vases étrusques,** dont un à fond noir, décoré de figures et ornements en rouge.

733. **Trois urnes cinéraires,** trouvées en Algérie.

734. **Lampe à mascarons,** bien conservée. Provenant du cabinet Baudot.

735. **Statuette d'Isis gauloise.** La tête est cassée. Trouvée en 1812.

736. **Quatre statuettes égyptiennes.**

737. **Un bracelet et cinq lampes** romaines de formes variées.

BERNARD PALISSY.

738. **Les jeux de l'enfance ou la Fécondité.** Plat ovale de Bernard Palissy.

Voici ce qu'en dit M. Tainturier, dans sa brochure *Les terres émaillées de Bernard Palissy* (Paris, librairie archéologique de v[e] Didron, 1863).

Il cite d'abord une composition semblable, qui a été reproduite dans l'*Album Dusommerard*, 7e série, pl. 38, et dans le *Recueil des meubles et armes du moyen âge et de la Renaissance*. Il parle de celui qui est au musée de Cluny, sous le nº 1203, et de ceux qui ont paru aux ventes Baron, 800 fr.; Rattier, 5,800 fr.; Soltikoff, 1,681 fr. et 1,800 fr., et décrit ainsi notre pièce, nº 68 de son catalogue :

« *Même sujet.* — PLAT ovale de plus petite dimension. La femme est vêtue « d'une grande draperie, et l'enfant qui s'appuie sur son sein est debout de- « vant elle au lieu de se trouver au deuxième plan, comme dans le modèle « précédent. Bord relevé à godrons, dont les intervalles sont remplis par des « palmettes.

« Hauteur, 0 m. 20 c. ; largeur, 0 m. 35 c.

« Une seule épreuve connue, collection de Meixmoron, à Dijon. »

739. **Plat** rond, représentant le Jugement de Salomon.

Largeur, 0 m. 27 c.

740. **Persée et Andromède,** jolie composition de douze personnages. Plat rond, mince, à petit bord uni.

Largeur, 0 m. 25 c.

741. **Plat** ovale à bords découpés et à côtes saillantes, émaillées bleu, vert et blanc; au centre, une figure d'homme assis, le torse nu, ayant sur les épaules un manteau bleu ; sur les jambes, dont une est visible, une draperie violette. Il porte des fruits dans les cheveux et tient des fleurs de la main droite et une grande corne d'abondance d'où s'échappent des fruits. Tout autour de lui sont des animaux de diverses couleurs ; à sa gauche un groupe d'amants.

Longueur, 0 m. 25 c.; largeur, 0 m. 20 c.

742. **Plat** à bord, à canaux bleus, dont les intervalles sont remplis de fleurs. Le fond représente le Baptême du Christ.

743. **Plat** rond, un petit sujet au centre. Trois rangs de côtes à dentelles bleues, vertes et brunes.

Largeur, 0 m. 24 c.

744. **Plat** ovale, bord à dentelles. Le milieu représente le Baptême de Jésus-Christ.

Longueur, 0 m. 30 c.; largeur, 0 m. 26 c.

745. **Plat** rond. Au fond une rosace à côtes saillantes, en émail vert foncé, agrandie par un entourage de feuilles d'acanthe, en émail jaune. Des mascarons variés de types sont coiffés de même façon et entourés de chutes et de draperies semblables, en émail jaune. Sous les têtes sont des enroulements de feuillages verts. Le bord, formé de fleurettes de diverses couleurs, est échancré.

746. **Plat** ovale. La Belle Jardinière, assise sous des arbres, est vêtue d'une robe bleue, d'un corsage jaune. Elle tient des fleurs dans sa main et en a dans sa chevelure; à sa gauche sont des vases de fleurs, et à ses pieds des instruments de jardinage; à sa droite un château. Les bords de ce plat sont échancrés en dentelle émaillée, brune, à côtes blanches.

Longueur, 0 m. 31 c.; largeur, 0 m. 23 c.

747. **Plat** ovale. Au fond, le Baptême du Christ. Bordure unie et marbrée.

748. **Salière** de forme ovale, supportée par deux sirènes ailées en forme de cariatides, se reliant par des guirlandes de feuillage à des masques cornus qui occupent les faces du pied dans le sens de la longueur.

Le tout découpé à jour et émaillé de couleurs variées. Un rang de côtes saillantes encadre la capsule ovale qui est en émail jaspé.

749. **Saint Marc et le Lion,** statuette ronde-bosse. Les draperies sont de trois tons: jaune, violet et vert. La tête a été recollée.

Hauteur, 0 m. 13 c.

750. **Le joueur de cornemuse,** statuette assise. Emaux de couleurs variées. Bonne conservation.

Hauteur, 0 m. 14 c.

751. **Le joueur de vielle,** statuette bien conservée.

Hauteur, 0 m. 14 c.

752. **La Vierge et l'enfant Jésus.** La Vierge, vêtue d'une robe blanche et d'un manteau violet, tient l'enfant Jésus, qui est complétement nu. Les chairs et les cheveux sont coloriés.

753. **Grande fontaine** de forme carrée. Sur chacune de ses faces, dans un médaillon, sont les armes de Jean IV, sire de Vambures, comte de Dammartin, chevalier des ordres du Roi. Autour de chacun de ces médaillons, personnages, animaux et coquilles. Le tout est surmonté de tourelles et clochers découpés à jour, et au travers desquels on aperçoit des personnages. Emaux variés, très vifs.

Hauteur, 0 m. 63 c.

TERRES ÉMAILLÉES ET FAIENCES.

754. **Écritoire** Renaissance, en terre vernie jaune et de forme carrée. Autour sont les Évangélistes en relief saillant, séparés par des pilastres à têtes de femme, soutenant des chapitaux ioniques.

755. **Joli modèle de poêle** émaillé vert. Le soubassement, qui est supporté par des lions à mi-corps doré, est décoré de niches dans lesquelles sont des chevaliers. La partie supérieure offre des vases dans des niches; aux angles sont des cariatides. Bonne conservation.

756. **Grande plaque** à fond jaspé brun, sur laquelle est, en bas-relief vert clair, le roi Louis XIV, en costume bizare.

Largeur, 0 m. 55 c.

757. **La Justice en costume du temps de la Ligue**. Plaque de poêle, émail brun.

758. **Saint Thomas dans une niche**. Plaque de poêle, émail vert foncé.

759. **La chasse à l'ours.** Jolie composition bien dessinée, en émail bleu sur blanc.

760. **Très belles buires** en faïence de Rouen. Les panses, qui sont aplaties, sont ornées de charmantes pastorales variées sur les quatre faces. Sous de grands arbres, à côté d'une fontaine, un berger et une bergère. Au fond, des troupeaux, des montagnes, des châteaux. Sur les côtés sont des têtes de lion en relief ayant des anneaux dans la gueule. Les goulots sont décorés de quadrillages et d'ornements très fins.

Hauteur, 0 m. 38 c.; largeur, 0 m. 23 c.

761. **Bouquetier** en faïence de Lunéville. Des femmes tenant des corbeilles d'osier.

Hauteur, 0 m. 25 c.

762. **Deux lions** se faisant pendant.

Hauteur, 0 m. 17 c.

763. **Jean Bonhomme,** personnage assis. Fontaine à anse.

764. **Deux plaques** ovales, ornées dans leur pourtour de quatre volutes enroulées, dans le style de la Renaissance. Au milieu de ces plaques sont des pages du temps de Henri IV. Un bras, d'un modèle à part, ajusté avec un tenon, sert à porter une bougie.

765. **Deux aiguières** de très jolies formes, avec anses en torsades. Les bords des pieds, des panses et des cols sont décorés d'ornements en relief dorés ; et les vases de chinois bleus.

766. **Très belle soupière et son plat,** décorés d'oiseaux, de bandelettes et de quadrilles roses. (Niderviller.)

767. **Grand plateau** chantourné, à galeries à jour. Émail imitant l'écaille. (Avignon.)

768. **Petit porte-huilier** avec galerie à jour. (Avignon.)

769. **Corbeille** découpée à jour. Décors bleus. (Nevers.)

770. **Corbeille** à jour, à fleurettes saillantes. Décor vert et jaune. (Marseille.)

771. **Quatre assiettes** à fond gros bleu, à fleurs et ornements blancs et jaunes. (Nevers.)

772. **Bouteille côtelée**, décors vert, bleu et jaune. (Nevers.)

773. **Deux jolies petites bouteilles**, à décor bleu. (Nevers.)

774. **Grand plat** rond à décor bleu. Oiseaux et personnages. (Nevers.)

Largeur, 0 m. 45 c.

775. **Grand plat** ovale à décor bleu. Au centre, la Charité entourée de personnages, fleurs et oiseaux. (Nevers.)

Longueur, 0 m. 50 c.; largeur, 0 m. 42 c.

776. **Petit panier** formé de quatre coquilles, réunies à une anse. Décor bleu.

777. **Grand plat** rond. Au centre, un château; sur le bord, qui est très large, fleurs en relief; décor bleu sur blanc. Epreuve très mince. (Venise.)

Largeur, 0 m. 36 c.

778. **Saucière**, décor polychrôme. Au fond, une femme nue en relief.

779. **Grand plat** rond, décor polychrôme. Centre saillant à côtes. (Venise.)

Largeur, 0 m. 40 c.

780. **Grand plat** rond italien. Décor polychrôme. Au centre, l'Assomption, très jolie composition; sur le bord, une guirlande de fleurs. Fond violet. Épreuve très mince, marquée en dessous d'un grand V.

Largeur, 0 m. 47 c.

781. **Très beau plat** rond, décoré jaune sur fond bleu et blanc. Au centre, le Christ et saint Mathieu, deux grandes figures de très bon style; ornements sur le bord. Faïence italienne.

Largeur, 0 m. 42 c.

782. **Plat** rond, à décor polychrôme, en faïence italienne. Au centre, une grande femme nue, un pied appuyé sur un dauphin. Inscription.

Largeur, 0 m. 34 c.

783. **Plat** rond, à décor polychrôme d'un ton très vif, en faïence italienne. Au milieu, une figure allégorique ; sur les bords, des trophées d'armes.

Largeur, 0 m. 33 c.

784. **Plat** rond à décor polychrôme, en faïence italienne. Larges bords sur lesquels sont des fruits ; au centre, près d'une table, une femme nue entourée d'instruments de musique ; au fond, la mort avec cette inscription : VIA MORTIS.

785. **Plat** rond à décor polychrôme, en faïence italienne. Au centre, sujet historique, perspective d'architecture. Jolie composition. Sur les bords, des femmes nues et des animaux fantastiques.

Largeur, 0 m. 31 c.

786. **Grande jatte** à décor polychrôme, en faïence italienne. Diane surprise par Actéon ; jolie composition.

Largeur, 0 m. 26 c.

787. **Jatte** à décor polychrôme, en faïence italienne. Sujet mythologique.

Largeur, 0 m. 24 c.

788. **Beau vase** à anses torses, en faïence italienne polychrôme. Jeux d'enfants.

Largeur, 0 m. 24 c.

789. **Vase** de pharmacie en faïence polychrôme italienne. Rinceaux et inscriptions.

790. **Bouquetier** en faïence italienne polychrôme. Amours marins.

791. **Bénitier** en faïence italienne polychrôme.

792. **Vingt-deux pièces, plats et assiettes,** en faïence, à décors grotesques verts, sur fond blanc. (Moustiers.)

PORCELAINE ANCIENNE.

793. **Pot** en vieux Japon, décoré bleu sur blanc. **Monture** en cuivre ciselé, provenant du château de Bard.

794. **Deux boîtes à thé** en Japon, décoré bleu sur fond blanc.

795. **Deux bouteilles à tabac** en Japon. Monture en cuivre doré. Intactes.

796. **Grand plat** en vieux Japon, décoré bleu sur fond blanc, rehaussé d'or.

797. **Grand plat** en Chine. Saule-pleureur.

798. **Grand plat** en vieux Chine, à émaux saillants. Au centre, un dragon. Bordure très riche.

Largeur, 0 m. 35 c.

799. **Grand plat** en vieux Chine, décoré très finement en dessus et en dessous.

Largeur, 0 m. 35 c.

800. **Très beau plat** vieux Chine. Sujet : à droite, sous un arbre, près d'une table, est assise une dame aux vêtements bleu et jaune ; au centre, une mère soutient son enfant, qui est à cheval sur une biche. Les bords sont richement brodés d'ornements variés très fins ; il y a des armoiries et une marque en dessous.

Largeur, 0 m. 35 c.

801. **Grand plat** vieux Chine. Au centre, un très grand panier de fleurs. Fine bordure.

Largeur, 0 m. 35 c.

802. **Plat à barbe** de forme ronde, en vieux Japon; au fond, un vase de fleurs.

803. **Grand plat à barbe** de forme ovale, en vieux Chine, décoré de fleurs très fines, rouges sur fond vert.

804. **Théière, sucrier** et **tasse** en vieux Japon, montés en argent.

805. **Deux petits pots à tabac** en vieux Japon. Monture en argent.

806. **Joli vase à couvercle et son plat** en vieux Chine, décorés de fleurs coloriées et rehaussées d'or.

807. **Onze assiettes** en vieux Japon rehaussé d'or.

808. **Dix-huit grandes assiettes** en Japon rehaussé d'or.

809. **Quatre jattes** en Japon rehaussé d'or.

810. **Quatre jattes** et **deux assiettes** en vieux Japon.

811. **Quatre assiettes** en vieux Chine, décorées de vases de fleurs rehaussées d'or.

812. **Six assiettes** en vieux Chine, dont deux à dragons, deux à oiseaux blancs, deux à vases de fleurs et oiseaux. Le tout rehaussé d'or.

813. **Deux assiettes** à fleurs en vieux Chine.

814. **Grande tasse** et sa **coupe** en porcelaine de Sèvres, pâte tendre. Charmant décor camaïeu bleu tendre.

815. **Jolie tasse** et sa **soucoupe** en Sèvres, décorées de fleurs.

816. **Tasse** et sa **soucoupe** en Sèvres, décors rose et or.

817. **Deux ravières** oblongues en porcelaine à la Reine, décorées de bouquets très fins.

818. **Trois tasses** et leurs **soucoupes** en porcelaine de Berlin, décorées de chiffres et de fleurs d'une grande finesse.

819. **Pot à lait, soucoupe** et **théière** en porcelaine de Saxe; fond rose à médaillons blancs, au milieu desquels il y a de charmantes peintures; paysages et personnages.

820. **Tasse** et sa **soucoupe** en Saxe, décorées de scènes pastorales, camaïeu rose.

821. **Un déjeuner,** son **couvercle** et sa **soucoupe** en Saxe; décor à personnages camaieu rose.

822. **Un déjeuner,** son **couvercle** et sa **soucoupe.** Fond vert tendre céladon. Médaillons blancs à bouquets de fleurs.

823. **Tasse** et sa **soucoupe,** décorées d'oiseaux, très fins.

824. **Joli petit déjeuner,** son **couvercle** et sa **soucoupe** en Saxe, décorés de fleurs très fines.

825. **Quatre tasses** et leurs **soucoupes** en Saxe blanc, à feuilles et côtes saillantes.

826. **Grand plateau** avec **trois tasses,** un **pot à lait** et une **théière** en porcelaine à fond rouge, décorée d'ornements blancs et noirs et de filets dorés. Au milieu, des fleurs en couleur. (Comte d'Artois.)

827. **Faune** caressant une nymphe qui tient un enfant endormi sur ses genoux. Charmant groupe de la plus grande finesse, coloris de tons très doux. Porcelaine de Louisbourg.

828. **Charmant groupe :** deux bergères et un berger sur un pied rocaille. Pas de marque de fabrique.

Hauteur, 0 m. 22 c.

829. **Petits faunes** dansant au milieu des roseaux. Charmant petit groupe en Saxe.

Hauteur, 0 m. 08 c.

830. **Deux jolies statuettes** très fines. Un berger, accompagné de son chien, joue de la flûte. Sa bergère, ayant à ses pieds un mouton, offre un bouquet au berger. Un doigt manque.

Hauteur, 0 m. 18 c.

831. **Le chasseur** et la **chasseresse**. Deux petites statuettes en Saxe.

Hauteur, 0 m. 08 c.

832. **Danseuse**. Porcelaine de Saxe, très grande finesse.

Hauteur, 0 m. 19 c.

833. **Deux petits Amours** en porcelaine de Saxe; un perruquier et un jardinier.

Hauteur, 0 m. 09 c.

834. **Deux pendants**: l'enfant au tigre et l'enfant à la cage, groupes en Saxe sur socle rocaille.

Hauteur, 0 m. 10 c.

835. **Deux statuettes**, enfants costumés; pendant, le semeur. Porcelaine de Saxe.

Hauteur, 0 m. 10 c.

836. **Le jardinier** et la **jardinière**, en porcelaine de Saxe.

Hauteur, 0 m. 18 c.

837. **Deux chevaux harnachés** en porcelaine de Saxe.

Hauteur, 0 m. 11 c.

838. **L'Amour marquis** et la **petite fille**, en porcelaine de Saxe.

Hauteur, 0 m. 09 c.

839. **L'homme au turban**, tenant une guitare, en porcelaine de Saxe.

Hauteur, 0 m. 17 c.

840. **Quatre statuettes** d'une grande finesse: Apollon, Danaé, Ganymède et Léda, en porcelaine de Berlin.

Hauteur, 0 m. 20 c.

841. **Enfants** représentant les quatre saisons. Celle de l'été est en double. Porcelaine de Nancy.

Hauteur, 6 m. 15 c.

842. **Le petit chinois.** Sans marque.

Hauteur, 0 m. 09 c.

843. **L'automne** et le **printemps.** Deux charmantes statuettes d'enfants en porcelaine de Berlin.

Hauteur, 0 m. 15 c.

844. **Enfant jouant avec un chien.** (Louisbourg.)

Hauteur, 0 m. 11 c.

845. **L'enfant à la gerbe.** Porcelaine de Berlin.

Hauteur, 0 m. 12 c.

846. **Petit enfant tenant un fruit.**

Hauteur, 0 m. 09 c.

847. **Jeune femme,** très bien drapée, tenant une coupe et appuyée sur une urne; filets dorés et inscription grecque. Porcelaine de Louisbourg.

Hauteur, 0 m. 27 c.

848. **Le joueur de cornemuse.** Saxe blanc.

Hauteur, 0 m. 24 c.

849. **Enfant en costume de pierrot;** tête de pipe. Porcelaine de Lunéville.

Hauteur, 0 m. 15 c.

850. **La petite fille au baril et la petite fille à la mandoline.** Jolie faïence de Niderviller.

Hauteur, 0 m. 12 c.

851. **Deux magots** en porcelaine de Chine et de Japon, très vieux.

Hauteur, 0 m. 22 c.

852. **Une Naïade** et le **jeune homme à la chèvre**; terre de Lorraine.

853. **Deux statuettes** semblables. Un homme assis et drapé, en biscuit de Berlin.

Hauteur, 0 m. 26 c.

854. **Etui,** porcelaine de Saxe, décoré de fleurs.

855. **Boucle de soulier,** décorée et dorée. Sans marque.

856. **Corbeille de fleurs,** porcelaine blanche très fine. Sans marque.

857. **Grand rocher,** de couleur brune, percé à jour, couvert d'arbres verts aux troncs jaunes, et de cavaliers portant des vêtements vert et jaune.

Hauteur, 0 m. 26 c.

858. **Deux grandes théières** à fond vert, ornées de fleurs de couleurs. (Boccara.)

859. **Deux jolies petites théières** décorées d'ornements en reliefs très fins. Terre rouge (Boccara).

860. **Théière** en grès, à gauffrure très fine.

861. **Petit pot** à anse torse, en grès.

862. **Trois tasses** et leurs **soucoupes** en grès, gauffré.

863. **Salière** à jour, décors bleus, en grès.

864. **Petit pot** en grès, à fond bleu et rouge, ayant des rosaces sur la panse et sur le col.

865. **Buire** en grès, à fond rouge et bleu, à anse et couvercle d'étain. Jolis ornements.

866. **Grande buire** en grès, le couvercle en étain, sur la panse des bas-reliefs très fins, représentant des sujets religieux.

867. **Bouteille** en grès. Statuette de femme.

868. **Vase** à anse, bleu. La partie supérieure découpée à jour.

869. **Singe** ayant le bras tendu. Statuette coloriée.

DIVERS

870. **Couteau de table** ayant un manche à côtes, mi-parti ébène et ivoire.

871. **Casse-croûte** en fer, ayant des ornements en cuivre découpés à jour.

872. **Scie à main,** monture en fer ciselé et doré ; manche en ivoire gravé.

873. **Boucles de souliers** en acier et cuivre gravé.

874. **Mouchettes** en cuivre, ornements ciselés et mascarons en relief.

875. **Casse-noisette** en fer. Ornements en cuivre gravés.

876. **Étui** en fer, gravé d'ornements et d'inscriptions.

877. **Coupoir** en cuivre, en forme de personnage, richement niellé d'ornements en argent.

878. **Petite fourchette** en fer à manche en cuivre gravé, terminé par un ovale représentant de chaque côté une tête de saint nimbée.

879. **Couteau** Renaissance à manche en cuivre, en torsade, terminé par une tête de Chimère.

880. **Couteau de table** à manche en corne d'élan et garniture d'argent, finement ciselé. Étui en chagrin.

881. **Grand couteau** à découper, à manche en ivoire, terminé par un buste en bronze, à double face et doré.

882. **Goué** à manche en fer ciselé, représentant un lion doré à mi-corps. La lame porte les armes de Lorraine et des caractères.

883. **Serpeau** à deux tranchants, ornements finement gravés et dorés sur la lame. Manche en ivoire gravé.

884. **Goué** à manche en ivoire gravé; pommeau en cuivre doré. Belle lame gravée.

885. **Deux jolis manches** Renaissance en forme de cariatides; cuivre doré.

886. **Tabatière** en vernis Martin, à sujet : *Les petits Barbiers.*

887. **Belle coupe** en écaille. Les anses sont en argent finement ciselé.

888. **Tabatière** en écaille. Sur le couvercle, un joli fixé. (Des bergers dansants.)

889. **Navette** en écaille, incrustée d'or.

890. **Deux plaques** en nacre, sculptées, représentant, l'une Mars et Vénus, l'autre un chiffre et des ornements.

891. **Bidon** de forme très élégante, composé de coquilles nacrées; garni d'ornements en argent.

892. **Coupe** ovale à anses en cristal de roche. Cette charmante pièce est décorée de guirlandes de fleurs gravées. Verre taillé en écailles de poissons, également en cristal de roche.

893. **Cuvette de tabatière** en omphasite, creusée très mince, angles arrondis. Pierre volcanique très rare.

894. **Trois beaux vases** en spathfluor, monture Louis XVI, en cuivre ciselé et doré. La pièce du milieu en forme d'aiguière. Une jeune fille nue, les jambes terminées en pieds de bouc, est à genoux sur la panse du vase, dont elle tient le col des deux mains; elle regarde dans le vase avec un sentiment de curiosité admirablement rendu. Sur le devant de la panse, une tête de bouc; des guirlandes de laurier, partant de cette tête, vont se nouer sous les pieds de la jeune fille. Le socle à console est, ainsi que tous les ornements, du plus beau fini. Les deux vases de côté sont à couvercle et ont pour anse des jeunes filles en cariatides, drapées et reliées par des guirlandes de laurier.

Hauteur de l'aiguière, 0 m. 34 c.
— des vases, 0 m. 30 c.

895. **Beau vase en ollaire** garni en argent. Sur l'anse, un torse d'homme. Très beau travail.

896. **Groupe en pierre de Larre**, divisé en deux parties. Dans la partie inférieure, des petits chinois conduisent un cheval; au dessus, un mandarin assis et deux autres personnages.

897. **Joli petit vase** en porcelaine de Saxe, monté en bronze rocaille doré; à travers les feuillages, des fleurs fines. (Saxe.)

Hauteur, 0 m. 16 c.

898. **Paire de charmants bougeoirs**, magot vieux Chine bleu, monture rocaille en bronze doré, garni de fleurs en porcelaine de Saxe.

Hauteur, 0 m. 16 c.

899. **Vase** de forme ronde, vieux Japon céladon. Personnages en relief; monture en bronze ciselé et doré.

Hauteur, 0 m. 15 c.

900. **Très bel encrier** en bronze doré. Sur un socle rocaille, un pupitre aux extrémités duquel sont deux petits tiroirs; derrière ce pupitre, trois statuettes en porcelaine de Saxe : l'une, assise, joue de la vielle; à sa droite, un jeune homme joue de la guitare; et à gauche se trouve un batelier. Derrière ces person-

nages, s'élève un arbre à larges feuilles gravées, et orné de trente fleurs en porcelaine de Saxe. De chaque côté de cet arbre sont deux bougeoirs en forme de tulipes.

Hauteur des statuettes, 0 m. 15 c.
Hauteur totale, 0 m. 34 c.

901. **Paire de délicieux petits bougeoirs,** magots en vieux Chine bleu. Monture rocaille dorée, ornée de fleurs en Saxe

902. **Bidon** Renaissance à deux ouvertures, en cuir brodé; les deux bouchons sont surmontés de deux bustes en argent massif, représentant, l'un un turc, l'autre une sultane, avec des chaînettes et des virolles gravées.

Poids, 200 grammes.

903. **Vase** à anse, de forme gothique; mesure municipale. Étain.

904. **Trois petits plats d'étain**, sur lesquels sont gravés finement les douze apôtres, les quatre saisons et Adam et Ève.

905. **Carapace de tatou**, ayant la forme d'un panier.

906. **Deux paires de pantoufles algériennes**, en velours rouge, broderies d'or.

907. **Bourse** en velours nacarat, brodée d'argent aux armes de Choiseul-Stainville, contenant quarante-huit marques longues en nacre gravées, ainsi que vingt-cinq petites et douze grandes marques rondes, découpées à jour et gravées.

908. **Bourse** en velours vert, brodée de fleurs de lis or et argent.

909. **Portefeuille** richement brodé or, argent et armorié.

910. **Deux bourses**, tricot or et argent.

911. **Grande housse** en velours rouge, pour siége de cocher, à grands dessins rouges et fond blanc.

912. **Damas blanc**, broché de fleurs de couleurs, en six morceaux cousus ensemble.

3 m. 20 c. sur 0 m. 40 c.

913. **Robe de chambre** en soie, fond orange, brochée de bouquets de fleurs et doublée de soie blanche.

914. **Grand tapis** en soie de Gênes.

915. **Grand tapis de table**, broderie laine et soie.

916. **Deux tapisseries** anciennes, provenant d'un lit.

917. **Tapis** Renaissance, broderie laine et soie, représentant la chasse au cerf.

918. **Tapis des Gobelins**. Un génie soutenant un écusson.

919. **Tapis des Gobelins**. Même sujet que le précédent; mais plus grand.

920. **Belle dalmatique** en satin blanc broché, brodée en relief de saints et saintes. Ornements en or, argent et couleur sur bandelettes orange.

921. **Saint suaire** brodé en or fin.

922. **Petit triptyque** en cuivre. Travail russe.

923. **Une croix** et **deux triptyques**, la croix est émaillée. Travail russe.

924. **Beau coffret** en velours rouge. Présent de noces du cardinal de Rohan. Ornements en cuivre, serrure Renaissance.

925. **Poche à arc** hongroise, en cuir noir. Ornements en cuivre doré.

926. **Bidon** en cuir noir, tête grotesque.

927. **Soulier à la poulaine** du XVIe siècle.

928. **Pomme de canne** en forme de tête barbue, coiffée d'un grand chapeau. Bronze doré.

929. **Vase** en bronze romain; un autre en bronze antique, ayant la forme d'une pipe à tête. Cet objet est très curieux. Un autre bronze Renaissance, tête grimaçante sortant d'un escargot.

930. **Chèvre** en bronze gothique; **torse** de femme; **fragments** d'un chandelier Renaissance.

931. **Quatre mascarons** en bronze de la Mère-Folle, et un fragment d'une garniture de fourreau de poignard aux armes de France.

932. **Boîte** en fer ciselé et découpé à jour. Renaissance.

933. **Huit bagues** gothiques en bronze : une portant le monogramme du Christ, une en torsade, trois avec inscriptions, deux à chatons gravés, et la dernière en fer, ayant un chaton en cornaline gravée.

934. **Trois boucles** romaines pour chemises : deux ayant des inscriptions gravées et l'autre des ornements.

935. **Pulvérin** en roseau, garni en argent, et deux étuis en galuchat.

936. **Beau cadre** ovale en cuivre, découpé à jour; têtes d'enfants et ornements de la plus grande finesse.

937. **Trois jolis petits cadres** en cuivre : l'un Louis XVI, et les deux autres Louis XIII. Ornements très fins.

938. **Deux belles poignées** à têtes de serpents, six vases à dauphins, quatre boutons à rosaces, fragment de décoration d'une voiture Louis XVI. Bronze doré à l'or moulu.

939. **Dix planches** gravées, parmi lesquelles se trouvent le reliquaire de la Sainte-Chapelle de Dijon, le martyre de sainte Reine, la confrérie de Saint-Nicolas, saint Louis, le vrai Miroir

du pécheur, les Plaisirs de la vie, le Jugement universel, l'image de la Vierge, qui existe dans la chapelle des capucins de la ville de Grey.

940. **Deux cuivres** gravés aux armes du président Jean Boyon, dont une avec cette inscription : *Conscientia et fama. Petrus de Loisy fecit et excudit.*

941. **Treize boutons** ivoire, mignatures grisaille sur fond noir; les sujets sont variés, très fins. (Louis XVI.)

942. **Treize boutons** ivoire, sur lesquels sont des mignatures coloriées; les treize compositions sont différentes. (Louis XVI.)

943. **Quinze boutons**. Oiseaux peints sur verre.

944. **Vingt-deux boutons** nacre de deux modèles différents, découpés à jour.

945. **Trente-deux boutons** nacre, ayant des ornements incrustés.

946. **Grande urne antique** en verre.

Hauteur, 0 m. 20 c.

947. **Six lacrymatoires** en verre, très bien irisés, de différentes grandeurs, et un petit vase, double fond, contenant un liquide.

Quatre grands : hauteur, 0 m. 20 c.
Deux petits : hauteur, 0 m. 07 c.

948. **Deux flacons de pharmacien** avec inscriptions; émaillés en couleurs.

949. **Cinq flacons**, deux jaunes, deux violets et un bleu, décorés de dessins blancs.

950. **Jolie petite coupe**, pied à jours.

951. **Verroterie de Venise**, pièce manquée, bizarre.

952. **Capucin**, verre jaune.

953. **Taupe** formant bouteille, verre blanc; très ancien.

954. **Un bourdalou** gravé.

955. **Grand verre** gravé. Cavalier au galop; au-dessus, des armoiries.

956. **Tête de nègre**, verre bleu, formant flacon. Très ancien.

957. **Vase** en grès à anses et goulot, aux armes de France; la panse est recouverte de fleurs de lis violettes, sur fond bleu.

958. **Cailloux du Rhône** avec une inscription du Cantique des Cantiques, *tota pulchra*, en relief. Temps antiques. IVe siècle.

959. **Hache** celtique, marbre noir.

Hauteur, 0 m. 18 c.

960. **Hache** celtique, jade.

Hauteur, 0 m. 16 c.

961. **Hache** celtique serpentine.

Hauteur, 0 m. 17 c.

962. **Quatre fragments** celtiques.

963. **Paire de pistolets Louis XV**, garnis en argent.

964. **Petit trépied** mobile, du temps de saint Louis, aux armes de Castille. Bronze.

965. **Une bague** et **une plaque**, bronze, portant cette inscription : *Rigolier*, 1575.

966. **Petit coffret** en bois recouvert de plaques de nacre gravées, représentant des sujets religieux.

967. **Très jolie croix de Jérusalem.**

968. **Socle** en terre cuite à jour. Des petits génies.

969. **Un bénitier** et **une plaque,** bas-relief : Jésus présenté au peuple. Faïence ancienne coloriée, avec cette marque gravée sur la pâte : F. L. J. AL.

970. **Extrémité supérieure d'une masse d'armes,** aux armes de France, trouvée à Dijon en 1828. (Note de M. Baudot.)

971. **Plaque** en fer, découpée à jour et coloriée, aux armes de Filz-Jean de Sainte-Colombe.

972. **Tuyaux de fontaine.** Deux fragments en plomb portant cette inscription : *Vassedo*, époque romaine.

973. **Cartel,** tambour de dragon à cheval. Bronze doré. (Louis XV.)

974. **Deux bossettes,** têtes de femme. Bronze.

975. **Deux Renommées,** statuettes en bronze; dessus de pendule.

976. **Grande cruche** en grès gris, décoré bleu et violet.

977. **Grande et belle soupière** en porcelaine de Saxe, décorée de bouquets de fleurs.

978. **Deux écrans Louis XV,** brodés en soie, représentant des sujets religieux.

979. **Deux statuettes.** Mercure. Bronze doré.

ÉMAUX

980. **Le roi Salomon recevant la reine de Saba**. Email à paillons, très fin. A droite, le roi Salomon assis sur son trône, derrière lui une nombreuse suite; au centre, la reine suivie de ses dames d'honneur. Au fond, de jolis détails d'architecture. Cadre ancien en cuivre repoussé, ovale. (Jean Courtois.)

Longueur, 0 m. 12 c.; largeur, 0 m. 09 c.

981. **Un calvaire**. Le Christ entre les deux larrons; au premier plan, grand nombre de personnages, dont un cavalier sur un cheval blanc. Commencement du XVIe siècle.

Longueur, 0 m. 17 c.; largeur, 0 m. 14 c.

982. **Le dieu Pan**. Grisaille sur fond noir. Médaillon rond. Commencement du XVIe siècle.

Largeur, 0 m. 05 c.

983. **Très joli bénitier** en cuivre doré. Au centre, l'enfant Jésus, assis sur un coussin, tient une croix; émail colorié, rehaussé d'or. (Nouaiher.) De chaque côté et au-dessus du cadre, des groupes d'anges. Le couvercle est en lapis-lazuli.

984. **La mort d'Adonis**. Petit médaillon ovale, émail à paillon. Cadre en argent. (Jean Courtois.)

985. **Grand couteau à découper,** aux armes du chancelier Rollin. Belle lame. Le manche, en corne, est traversé dans sa longueur par une jolie frise, émail de diverses couleurs; la virole et le

pommeau, en argent doré, portent des deux côtés, sur fond émail azuré, trois clefs d'or, entourées d'ornements, et fleurs. Email de diverses couleurs. Conservation parfaite.

985 *bis*. **Joli service** : cuillère, fourchette et couteau en argent; sur les manches, émail bleu, sont les armes de Saxe et des bustes de personnages en argent, entourés de grenats. Sur l'étui en cuir le chiffre H M. et la date 1695.

986. **Plaque** émaillée aux armes de Jacquet Cadre en cuivre.

987. **Petite plaque** ovale, émail sur argent, et portant cette inscription : *Amour vit dans les flâmes.*

988. **Le Commerce.** Une femme, à mi-corps, vêtue d'une robe blanche et d'un manteau rouge, s'appuie sur un globe. Dans le lointain un vaisseau. Epoque Louis XV.

989. **Vertumne et Pomone,** entourage à paillon. Epoque Louis XV.

990. **Deux petites plaques** à enfants, grisaille sur fond jaune. (Sauvage.) Louis XVI.

991. **Quatre salières,** émail vert sur cuivre, ornées de paysages coloriés sur fond blanc, entourés de petits ornements dorés. Bonne conservation.

992. **Boîte,** émail sur cuivre, sur laquelle sont inscrites, dans des couronnes, toutes les victoires de Frédéric II, roi de Prusse. Au centre, son chiffre en or, couronné.

993. **Tabatière,** émail sur cuivre; divers attributs et de la musique.

FERRONNERIE

994. **Serrure de coffre** gothique, quatre beaux clous, deux lézards à l'ouvroinière.

995. **Serrure de coffre** gothique, à l'ouvroinière. Lézard, terminé en serpent.

996. **Serrure** gothique en forme d'escarcelle.

997. **Plaque de serrure** gothique.

998. **Petite serrure** gothique aux armes de France.

999. **Grande serrure** gothique en forme d'escarcelle, ornements rapportés,

1000. **Belle serrure** gothique à trois clochetons.

1001. **Très belle serrure** gothique ; les frises, découpées à jour, sont d'un beau travail.

1002. **Serrure** gothique, découpée.

1003. **Très belle serrure,** d'un travail remarquable. Au centre les armes de France. De la transition du gothique à la Renaissance.

1004. **Grande serrure,** cage à jour, gravée, en très bon état, venant de la Savoie.

1005. **Jolie serrure** Renaissance, mascaron et ornements en fer. Très bon travail.

1006. **Grande serrure** très compliquée, la clef richement sculptée de sphinx, terminée à feuilles d'acanthe.

1007. **Belle serrure** Renaissance, clef-anneau à entrelacs découpés à jour.

1008. **Grande serrure**; à l'intérieur une tête bizarre, tirant la langue.

1009. **Serrure,** chef-d'œuvre, travail très compliqué.

1010. **Grand cadenas** à deux clefs, chef-d'œuvre de la maîtrise de Strasbourg.

1011. **Cadenas** à chiffres. Travail très ancien.

1012. **Serrure de cassette,** ornements Renaissance, ciselés et dorés.

1013. **Trois verroux,** deux gothiques et un Renaissance.

1014. **Serrure** de Chartreux.

1015. **Grande plaque de verroux** Renaissance, en fer repoussé, grand nombre de personnages et ornements. Bon travail.

1016. **Grande entrée de serrure à secret,** un mascaron sculpté et des ornements gravés.

1017. **Cinq plaques de verroux** en fer repoussé; une aux armes de France. Toutes sont richement ornées de figures et d'ornements.

1018. **Très belle grille de serrure** gothique, découpée à jour. Travail très fin.

1019. **Saint** gothique, ouvroinière de serrure et une tête casquée, buste sculpté.

1020. **Deux grandes clefs** gothiques et deux petites.

1021. **Douze clefs** de formes variées, des Chartreux.

1022. **Trois jolies petites clefs** gothiques; travail compliqué. Bonne conservation.

1023. **Belle clef** à anneau mobile, panneton au chiffre de Jésus.

1024. **Clef avec son étui.** Chef-d'œuvre de la Renaissance.

1025. **Deux autres belles clefs et leurs étuis.** Chefs-d'œuvre.

1026. **Grande et belle serrure.** Chef-d'œuvre. Panneton cassé.

1027. **Deux petites clefs.** Chefs-d'œuvre de la Renaissance.

1028. **Deux autres belles clefs** à chapiteaux sculptés. Chefs-d'œuvre Renaissance.

1029. **Charmante petite clef** à six mascarons et deux cariatides. Chef-d'œuvre Renaissance.

1030. **Petite clef** à chapiteau corinthien et sphinx monstrueux. Chef-d'œuvre.

1031. **Trois clefs** Renaissance, dont une ébauchée.

1032. **Trois clefs** Renaissance, en bon état.

1033. **Petite clef,** chapiteau ionique, ayant été dorée.

1034. **Jolie clef** Louis XIV.

1035. **Six clefs** Louis XIII, découpées à jour. Travail délicat.

1036. **Ouvroinière** aux armes de France.

1037. **Grand heurtoir** Renaissance, à mascarons et dauphin.

1038. **Heurtoir** à mascaron et dauphin.

1039. **Heurtoir** avec **entrée de serrure**, sculpté et gravé.

1040. **Heurtoir** à mascarons. Très joli travail.

1041. **Deux anges** gothiques, très vieux, provenant d'Autun.

1042. **Dragon**, grand balancier d'horloge gothique.

1043. **Grand lion** gothique.

1044. **Poids** gothique. Ouvrage en fonte.

1045. **Grand coffret** gothique. Quadrilles à jour; complet, bien conservé.

1046. **Coffret** gothique, dessus en forme de dôme. Bonne conservation.

1047. **Deux petits coffrets** gothiques, découpés à jour. Très bien conservés.

1048. **Coffret** plus petit, même genre.

1049. **Grand fléau de balance.**

1050. **Fermoir d'escarcelle**, ciselé de cartouches. Personnages et ornements Renaissance.

1051. **Busc à cric**, pour redresser la tête.

1052. **Petit peson** Renaissance. Travail très fin.

1053. **Petit goupillon** en fer ciselé.

1054. **Grand fragment** de ferronnerie de carrosse, sculpté et doré.

HORLOGERIE

1055. **Montre de table** carrée; le dessus gravé. Sur les quatre faces, des faunes et des ornements; aux quatre angles, des cariatides ciselées. Cuivre doré, bien conservée, Renaissance.

Largeur, 0 m. 13 c.

1056. **Superbe montre de table,** forme ronde, style Henri II. Sur le dessus, gravé, se trouvent deux bustes, haut-relief; dans le pourtour, une magnifique frise composée de trente-sept personnages et animaux, représentant la chasse au lion. Elle est supportée par trois tortues surmontées de trois cariatides ailées. Très bon travail, riche dorure.

Diamètre, 0 m. 15 c.

1057. **Montre de table** ronde, cuivre doré, gravé sur toutes ses faces; en dessous des armoiries, est cette inscription : *la présente montre m'a hété donnée par Monsieur de Pluwault.* 1658. *de la place.*

Diamètre, 0 m. 12 c.

1058 **Grande montre de table,** forme ronde, supportée par trois lions à mi-corps. Dessus en forme de dôme, découpé à jour d'ornements très fins, gravés. Bien dorée.

Diamètre, 0 m. 13 c.

1059. **Grande montre** de forme carrée, richement gravée; le dessus, en forme de dôme, est découpé à jour, doré, portant la date 1544. Son étui est en cuir. Ornements gaufrés et dorés.

Hauteur, 0 m. 22 c.

1060. **Grande montre-pendule**, de forme architecturale, à plusieurs cadrans. Dôme à galerie à jour. Les quatre faces sont gravées d'ornements du meilleur goût; bien dorée et bien conservée.

1061. **Petite montre à réveil,** dans son étui en cuir, gaufré, armorié et ornementé.

1062. **Montre** de forme triangulaire, surmontée d'une sphère. Charmant travail, bien soigné.

1063. **Jolie pendule** et sa **console** (Boule), cuivre et marqueterie en bon état.

Hauteur, 1 m. 17 c.

1064 **Grande pendule** (Boule), forme violon; les cuivres sont remarquables. Aux angles, des mascarons, des oiseaux au nombre de dix-huit.

Hauteur de la statuette du dessus, 0 m. 25 c.
Hauteur totale, 1 m. 55 c.

1065. **Jolie petite pendule** rocaille, fond blanc ,fleurs peintes. Cuivre bien ciselé et doré.

Hauteur, 0 m. 55 c.

1066. **Charmant cartel.** Au pied d'un palmier, des musiciens en costume vénitien; au centre du palmier, le cadran; au-dessus, un personnage écoutant le concert.

1067. **Boussole** portant la date 1590. Cuivre ciselé et bien doré.

IVOIRE

1068. **Coffret** carré en bois. Le dessus en forme de toit recouvert de plaques en os découpées à jour et gravées, représentant des animaux et des ornements. Époque romane.

Hauteur, 0 m. 15 c.

1069. **Très beau triptyque**, monture en bois. Au centre, la Vierge et deux saintes, couvre-chef crênelé. Sur les volets, saint Pierre et saint Paul, avec couvre-chef semblable. Ivoire haut-relief; les bords sont marquetés de grecques et entrelacs en ivoire de diverses couleurs. Sur la face extérieure, des anges en peinture grisaille, sur fond rouge. Travail vénitien du XIVe siècle.

Hauteur, 0 m. 35 c.

1070. **Paix** gothique très ancienne, représentant Jésus en jardinier, la Magdeleine et deux autres saints.

Longueur, 0 m. 13 c.

1071. **Très beau demi-diptyque** de la plus grande finesse. Au-dessus, sous des arcades ogivales, un personnage agenouillé présente un enfant à Jésus, qui est sur les genoux de la Vierge assise. De chaque côté des anges tenant des cierges. Au bas, une variante du même sujet. Douze personnages haut-relief. Quelques-uns ronde-bosse.

Hauteur, 0 m. 12 c.
Largeur, 0 m. 08 c.

1072. **Joli diptyque** complet, beau fond d'architecture. Sur l'un des volets, des anges encensent l'enfant Jésus; sur l'autre, le Crucifiement.

Hauteur. 0 m. 10 c.

1073. **Belle Vierge** gothique, draperies brodées, couronne en argent, découpée à jour.

Hauteur, 0 m. 25 c.

1074. **Oliphan** très ancien, sculpté, fond d'entrelacs variés. Sur la face principale, au bas, une sphère; au centre, un musicien; au dessus, les armes du Portugal, surmontées d'une couronne royale.

Hauteur, 0 m. 40 c.

1075. **Grand oliphan** complet, uni; quelques gravures.

Hauteur, 0 m. 60.

1076. **Grand coffret**, travail indien. Sur le couvercle, des personnages et des animaux fantastiques; sur le pourtour, des entrelacs.

Longueur, 0 m. 19 c.

1077. **Joli petit pulvérin**, ivoire monté en argent. Sur le pourtour, le triomphe de Bacchus. Charmants personnages en haut-relief.

Longueur, 0 m. 06 c.

1078. **Très beau pulvérin** ivoire, monté en argent. Huit personnages et animaux d'une très belle exécution : *Pyrame et Thisbé.*

Longueur, 0 m. 06 c.

1079. **Autre pulvérin.** Des personnages ronde-bosse : *Diane et Actéon.*

Hauteur, 0 m. 09 c.

1080. **Magnifique peigne** Renaissance. Au centre, une frise double face d'un travail parfait; au milieu de la frise, un médaillon de femme soutenu par des enfants ailés, terminés par des enroulements de bon style.

Hauteur, 0 m. 15 c.

1081. **Statuette de Pandore,** charmante de naïveté. Renaissance italienne (XVIe siècle). Provenant de la vente Jacquinot-Godard.

Hauteur, 0 m. 17 c.

1082. **Une jeune fille et la Mort**, buste double face, séparés par une bandelette sur laquelle est écrit : *Hélas! faut-il mourir!* (Renaissance.)

Hauteur, 0 m. 07 c.

1083. **Jeune berger endormi**, vêtu, les pieds sur un rocher; autour, une fontaine et des animaux; au bas, dans une niche, saint Jean couché.

Hauteur, 0 m. 21 c.

1084. **Grand et beau vase** à pied; le triomphe de Galathée, charmante composition haut-relief. Le pied, groupe de monstres marins. Exécution remarquable et bonne conservation.

Hauteur, 0 m. 28 c.

1085. **Bergers** et **moutons**, haut relief très ancien. Bon travail.

Hauteur, 0 m. 08 c.
Largeur, 0 m. 05 c.

1086. **Couteau** et **fourchette**, manche en ivoire. Groupes d'animaux fantastiques.

Longueur des manches, 0 m. 09 c.

1087. **Couteau,** manche en ivoire autour duquel sont quatre statuettes, la Foi, l'Espérance, la Charité et la Justice; au-dessus, quatre bustes de femmes terminés par une couronne.

Longueur des manches, 0 m. 09 c.

1088. **Charmant couteau**. Sur la lame, des ornements gravés et doré. Le manche en nacre, ayant une virole et un chapiteau corinthien en cuivre ciselé et doré, surmonté d'une tête casquée en ivoire.

Longueur des manches, 0 m. 09 c.

1089. **Tête de marotte,** ronde-bosse, très bonne exécution.

1090. **Vierge,** époque Louis XIV. Draperies très fines. La couronne et une main rapportées.

Largeur, 0 m. 25 c.

1091. **Vierge,** très bonnes draperies.

Hauteur, 0 m. 12 c.

1092. **Deux râpes à tabac,** époque Louis XV. Sur l'une, une descente de croix, petit relief d'une très grande finesse.

Longueur, 0 m. 19 c.

Sur l'autre, l'arbre de Jessé, riche composition.

Longueur, 0 m. 22 c.

1093. **Râpe à tabac,** complétement unie.

Longueur, 0 m. 13 c.

1094. **Boîte**; sur le couvercle est une fête flamande. Bonne exécution.

Longueur, 0 m. 10 c.

1095. **Boîte à mouches,** ovale; gravée et garnie d'argent.

Longueur, 0 m. 09 c.

1096. **Tabatière** ivoire et écaille; dessus, un fixé; cercle en or, gravé.

1097. **Deux petits manches,** groupes de jeux d'enfants. Travail admirable, Louis XV.

Longueur, 0 m. 08 c.

1098. **Petit manche.** Joli groupe, Adam et Eve. Travail très fin, époque de la Renaissance.

Longueur, 0 m. 10 c.

1099. **Statuette d'Apollon.**

Hauteur, 0 m. 10 c.

1100. **Portrait d'un prince allemand,** buste de profil, haut-relief.

Hauteur, 0 m. 10 c.

1101. **Jeune fille** en costume allemand; le corsage en nacre, la tête, les bras et les pieds sont en ivoire, la robe en bois peint. Le socle est en écaille.

Hauteur, 0 m. 30 c.

1102. **Deux chefs-d'œuvre :** des lustres en ivoire dans des bouteilles.

MÉDAILLES ET SCEAUX

1103. **Vingt-neuf médailles en or** : Quatre gauloises. Justin, tiers de sou d'or. — Jean II le Bon, Franc à cheval. — Charles-le-Sage, florin d'or. — Charles VI, écu d'or. — François Ier, écu d'or au soleil. — Louis XIV, au 8 L, frappé à l'F. — Philippe-le-Bon, cavalier d'or. — Philippe de Bourgogne, frappée pour les Flandres. — Trois Frédéric, archevêque de Cologne. — Un autre archevêque. — Charles V de Brabant. — Édouard d'Angleterre. — Emmanuel-Philibert Savoie. — Deux florins portant *Lodovici rex*. —Sigismond, roi des Romains, agnel d'or, etc., etc.

1104. **Soixante-onze médailles en argent**. Deux gauloises, dont une de Q. Doctius. — Un consulaire, Adrien-Antonin. — Un monétaire, tiers de sou argent. — Louis-le-Débonnaire, denier au Temple. — Saint-Louis, denier tournois. — Philippe-le-Hardi, gros tournois. — Philippe-le-Long, gros tournois. — Charles VII, blanc. — Charles VII, florette.—Testons de Henri II, Charles IX, etc., etc. — Charles X, roi de la Ligue, Henri IV, Louis XIV, Louis XV, demi-écu frappé à Dijon, P, 1768. — Une posthume, 1779, etc., etc. Très belle médaille du graveur Galle, frappée pour la Fédération, 1790, aux armes de Lyon. — Médaille commémorative de la mort de Louis XVI, etc., etc.

Billon : Obole de Foulques d'Anjou, Eudes, Philippe-le-Hardi, Jean-sans-Peur, Charles V, pour Besançon et pour Dole ; denier de Lyon, au soleil et à la lune, etc., etc.

1105. **Grand médaillon** : *Pompeia*, sans revers.

Diamètre, 0 m. 08 c.

1106. **Louise,** *mère de François Ier*, sans revers.
Diamètre, 0 m. 10 c.

1107. **Chrétienne de Lorraine,** très beau bronze doré.
Diamètre, 0 m. 09 c.

1108. **Titien,** presque de face.
Diamètre, 0 m. 10 c.

1109. **François Ier**; revers : la *Salamandre.*
Diamètre, 0 m. 06 c. 5 m.

1110. **Chevalier** armé, finement ciselé.
Diamètre, 0 m. 11 c.

1111. **Charles V et son fils.**
Diamètre, 0 m. 04 c.

1112. **Erasme,** et revers.
Diamètre, 0 m. 10 c.

1113. **Marimus,** haut-relief, sans revers.
Diamètre, 0 m. 10 c.

1114. **François de Médicis,** signé au revers du bras.
Diamètre, 0 m. 09 c.

1115. **Le président Jeannin,** très belle épreuve. (Dupré.)
Diamètre, 0 m. 19 c.

1116. **Carolus Strozza,** très beau revers.
Diamètre, 0 m. 12 c.

1117. **Victor-Amédée.** Magnifique. (Dupré, 1636.)
Diamètre, 0 m. 11 c.

1118. **Jules Romain,** sans revers.
Diamètre, 0 m. 10 c.

1119. **Médaillon** Renaissance, trois personnages et un oiseau avec cette inscription : *Abtrusam tenebris tempus me ducit in auras, h. g.,* 1570. *filia temporis.* Joli travail.

Diamètre, 0 m. 09 c.

1120. **Richelieu,** très beau revers, signé Warin, 1630.

Diamètre, 0 m. 09 c.

1121. **Les fontaines de Dijon.**

Diamètre, 0 m. 06 c. 05 m.

1122. **Jésus et les petits enfants,** médaille russe.

Diamètre, 0 m. 07 c. 05 m.

1123. **Petit sceau** gothique, croix de Lorraine.

1124. **Petit sceau** ovale d'Antoine, archidiacre de Cluny.

1125. **Très beau sceau** ovale de Baillet, premier président du Parlement de Bourgogne.

1126. **Grand sceau** rond. Mairie de Dijon.

1127. **Six petits sceaux** gothiques ; un de l'église Saint-Martin. Un du tabellionage de Luxeuil, etc.

MARBRE, PIERRE

ET ALBATRE

—

1128. **Fête de Bacchus,** beau bas-relief antique ; au centre, sur un autel, le buste de Bacchus que l'on couronne de pampres, à droite et à gauche des groupes d'enfants et de personnages.

Diamètre, 0 m. 35 sur 0 m. 50 c.

1129. **Sept pilastres** de faces et deux pilastres d'angles en marbre blanc, époque romane. Les ornements et chapiteaux variés, bonne exécution, bien conservés. Provenant d'un tombeau.

1130. **Belle Vierge** gothique, ronde-bosse en marbre blanc de Paros, draperies d'une grande simplicité. Console en marbre noir, de la même époque.

Hauteur, 0 m. 65 c.

1131. **Chien et chienne,** celle-ci avec un petit qu'elle allaite. Ronde-bosse, marbre blanc (gothique).

Hauteur, 0 m. 40 c.

1132. **Superbe magot,** marbre blanc, monté sur socle rocaille cuivre doré.

1133. **Ecusson** armorié, provenant du monument qui avait été élevé, à Saint-Jean, à Palamède Jacqot de Myont, conseiller au Parlement, mort en 1607. Marbre blanc.

Hauteur, 0 m. 45 c.

1134. **Ecusson** aux armes de Louis-Chalon Dublé, marquis d'Uxel, chevalier des ordres du roi, tué au siége de Gravelines, en 1658, à l'âge de 40 ans. Provenant du mausolée des Minimes de Chalon. Marbre blanc.

1135. **Ecusson** en marbre ; au centre un buste de moine, autour cette inscription : *Exiit de forti dulcedo.* Le cartouche est entouré d'une peau de lion.

1136. **Masque d'homme** avec cette inscription : *Du Puget fecit.*

1137. **Belle urne** plate, jolis ornements Renaissance; rapportée de Pise par le cardinal de Rohan. Marbre blanc.

1138. **Médaillon de Vitellius,** grandeur naturelle; marbre blanc. (Renaissance.)

1139. **Christ au tombeau,** haut-relief très vieux, gothique. Personnages coloriés et dorés (albâtre).

1140. **Saint Jean,** statue gothique.

Hauteur, 6 m. 65 c.

1141. **Jolie crèche,** bas-relief gothique; travail très fin, sur le socle une frise où sont les douze apôtres.

Hauteur, 0 m. 48 c. sur 0 m. 36 c.

1142. **Milon de Crotone,** statuette ronde-bosse. (D'après Puget.)

Hauteur, 0 m. 48 c.

1143. **Médaillon** ovale très fin. Une famille de souverains d'Allemagne, époque Louis XVI. Cadre en bois sculpté, doré.

Hauteur, 0 m. 15 c.

1144. **Vase funéraire.** Canope.

Hauteur, 0 m. 50 c.

1145. **Deux grandes consoles** à feuilles d'acanthe. (Louis XVI.)

Hauteur, 0 m. 40 c.

1146. **Fragment** d'un couvre-chef provenant des tombeaux des ducs de Bourgogne et petit pendentif de même provenance.

1147. **Trois cullots** en pierre, beau gothique. Provenant de la Chartreuse de Dijon.

1148. **Tête de saint Bénigne,** en pierre, grandeur naturelle. Provenant de la Cathédrale de Dijon, d'où elle a été enlevée en 1793.

1148 *bis*. **Saint Roch,** statue ronde-bosse du XVe siècle. Bonne sculpture polychrôme rehaussée d'or. Bien conservée.

Hauteur, 1 m. 00 c.

MEUBLES

1149. **Grand meuble** de la fin du XVIe siècle. Sur la partie inférieure, trois cariatides à gaînes; dans les panneaux, des cartouches au milieu desquels sont peintes en or ombré sur fond noir, la Grâce et la Justice; sur les tiroirs, des guirlandes de fruits. A la partie supérieure, des guirlandes en gaînes; sur les panneaux, un fronton supporté par quatre colonnettes amorties par de petites consoles; entre ces colonnettes, la Providence et la Charité, peintes en or ombré sur fond noir. Toutes les parties du meuble sont rehaussées d'or. Sur l'acrotère, une frise; au milieu, un mascaron.

Hauteur, 2 m. 00 c.
Largeur, 1 m. 40 c.

1150. **Grand meuble** Renaissance. Sur la partie inférieure, des mascarons terminés en consoles très ouvragées; dans les panneaux, des enroulements cuirs et feuillages; au centre, des mufles de lions; sur les tiroirs, des frises avec des mufles de lions; au centre, la partie supérieure, trois cariatides de dessins variés; dans les panneaux, des niches plus profondes, au milieu desquelles sont des guerriers à la romaine, tenant des étendards. Toutes les moulures de ce meuble sont richement sculptées.

Hauteur, 1 m. 72 c.
Largeur, 1 m. 45 c.

1151. **Table** Renaissance. Sur un soubassement, des griffes de lions, terminées en volutes, viennent rejoindre des enroulements d'où sortent des têtes d'aigles; au centre, des trophées d'armures; les pieds sont reliés entre eux par des arcades supportées par des balustres.

Hauteur, 0 m. 82 c.
Largeur, 0 m. 90 c.
Longueur, 1 m. 58 c.

1152. **Crédence à gradins** Renaissance. Aux extrémités de la partie supérieure, des colonnes corinthiennes; le milieu décoré de motifs d'architecture plein-ceintre. Dans la partie inférieure, des pilastres à chapiteaux ioniques, entre lesquels sont des petits cartouches à mascarons.

Hauteur, 1 m. 45 c.
Largeur, 1 m. 20 c.

1153. **Grand meuble** Renaissance. Démonté. Composé de six cariatides et quatre panneaux à cartouches.

1154. **Grand coffre** Renaissance. Au centre, une cariatide très saillante; aux extrémités et sur les côtés, des cariatides; très bas relief; les panneaux sont richement ornés. Travail d'une grande finesse.

Hauteur, 0 m. 84 c.
Largeur, 1 m. 32 c.

1155. **Six grandes cariatides** Renaissance, provenant d'un meuble.

1156. **Trois grands panneaux** de meuble Renaissance, à écussons.

1157. **Une cariatide** ronde-bosse, tenant des armoiries, et deux cariatides de profil.

1158. **Deux panneaux** de meuble. Dans l'un, Vénus; dans l'autre, un guerrier.

1159. **Soixante-sept panneaux** de style gothique, provenant de dix meubles. Tous ces panneaux, de dessins variés, sont très bien conservés. On vendra par lots ceux du même meuble.

1160. **Dix portes de crédences.** (Gothique.)

1161. **Trente-neuf panneaux** Renaissance, à médaillons, provenant de sept meubles. Ces panneaux seront vendus en sept lots.

1162. **Trente-quatre panneaux** Renaissance à personnages, provenant de six meubles différents.

1163. **Quinze panneaux** Renaissance, de dessins variés, provenant de quatre meubles.

1164. **Deux jolies petites tables** à six pieds torses.

1165. **Cabinet d'Allemagne** tout en écailles, à filets d'ivoire; à l'intérieur, glace de Venise. Le pied est en bois sculpté et doré.

1166. **Coffre** en bois, filets d'ébène et ornements repoussés en cuivre doré.

1167. **Coffre** en bois, avec ornements en cuivre découpés et dorés. Pied *ad hoc* fatigué. Très jolie clef.

1168. **Coffre** en bois; ornements en cuivre découpés en fleurs de lis dorées.

TABLEAUX, MINIATURES

1169. **Six sujets** du Nouveau Testament, peinture à l'huile sur bois, attribuée à Jean de Bruges, représentant la Circoncision, la fuite en Égypte, Jésus devant les docteurs, Jésus portant sa croix, le crucifiement et la mise au tombeau. Ces six tableaux sont d'une conservation admirable, le sentiment religieux parfaitement rendu. Les costumes, variés, sont du plus grand intérêt.

Hauteur, 0 m. 19 c.
Largeur, 0 m. 15 c.

1170. **Sainte Élisabeth de Hongrie faisant l'aumône.** Jolie composition, dix-sept personnages. Petit tableau gothique sur bois, très fin, bien conservé. Inscription allemande.

Hauteur, 0 m. 40 c.
Largeur, 0 m. 20 c.

1171. **Grand panneau** peint des deux côtés. Sur l'un, la Cène; sur l'autre, dans le haut, Jésus au Jardin des Oliviers; au bas, Jésus conduit au supplice et saint Pierre coupant l'oreille à Malchus. Belle composition. (Commencement du XVIe siècle.)

Hauteur, 1 m. 02 c.
Largeur, 0 m. 82 c.

1172. **La Vierge à l'enfant.** Dans le lointain, jolis détails d'architecture. Panneau arrondi du haut. (XVIe siècle.)

Hauteur, 0 m. 95 c.
Largeur, 0 m. 58 c.

1173. **La Vierge au voile brodé**. Dans le fond, deux anges, l'un tenant un livre et chantant les louanges du Seigneur; l'autre l'accompagne sur la harpe. Peinture très fine sur cuivre. (Renaissance.)

Hauteur, 0 m. 18 c.
Largeur, 0 m. 16 c.

1174. **Triptyque votif** du commencement de la Renaissance. Au centre, la Vierge assise, l'enfant Jésus est sur ses genoux, il tient une poire. On voit une ville dans le lointain; au bas, saint Jean et le donataire agenouillé. Sur les volets, côtés intérieurs, sainte Élisabeth et saint Christophe; sur les côtés extérieurs, peints en grisaille, saint Pierre et saint André.

Hauteur, 0 m. 78 c.
Largeur, 0 m. 45 c.

1175. **Grand panneau**. Trois personnages du temps de Henri IV, portraits de Jeanne Tricornot, dame de Jean de Grivelle, sa fille et l'enfant de celle-ci. Les costumes sont fort beaux.

Hauteur, 1 m. 45 c.
Largeur, 0 m. 70 c.

1176. **Le jugement dernier**. Composition importante. Peinture ancienne.

Hauteur, 0 m. 85 c.
Largeur, 0 m. 65 c.

1177. **Le Christ** en croix et quatre personnages. Tableau votif aux armes des Morlet. Peinture sur bois.

Hauteur, 0 m. 56 c.
Largeur, 0 m. 52 c.

1178. **Le philosophe en lecture**. Les détails sont d'une grande finesse (école allemande). Sur bois.

Hauteur, 0 m. 23 c.
Largeur, 0 m. 17 c.

1179. **La peseuse d'or**. Peinture flamande, sur toile.

Hauteur, 0 m. 30 c.
Largeur, 0 m. 24 c.

1180. **Paysage sur bois**, de forme oblongue. Attribué à Breughel.

Hauteur, 0 m. 17 c.
Largeur, 0 m. 42 c.

1181. **Saint Roch**, peinture sur cuivre. La tête est très fine.

Hauteur, 0 m. 22 c.
Largeur, 0 m. 16 c.

1182. **Sainte Madeleine**, peinture sur bois. Forme hexagone.

Hauteur, 0 m. 25 c.
Largeur, 0 m. 17 c.

1183. **Huit camaïeux**. Charmantes compositions variées allégoriques de l'époque Louis XV. Peinture à l'huile sur toile. Les cadres sont en bois sculpté.

Hauteur, 0 m. 55 c.
Largeur, 0 m. 55 c.

1184. **Jésus en jardinier**, apparaissant à la Magdeleine. Jolie peinture sur bois.

1185. **Grande toile** attribuée à Mignard, représentant quatre portraits d'une famille du temps de Louis XIV. Le cadre, de l'époque, est d'une grande richesse.

Hauteur, 1 m. 45 c.
Largeur, 2 m. 00 c.

1186. **Saint Joseph et l'enfant Jésus**. Peinture sur cuivre.

Hauteur, 0 m. 23 c.
Largeur, 0 m. 17 c.

1187. **Quatre peintures** chinoises, sur pâte de riz.

Hauteur, 0 m. 22 c.
Largeur, 0 m. 16 c.

1188. **Joli portrait** d'homme, du temps de Louis XV. Peinture sur cuivre.

Hauteur, 0 m. 25 c.
Largeur, 0 m. 21 c.

1189. **La Pentecôte.** Jolie petite composition, miniature à l'huile sur cuivre, dans un large cadre d'écaille.

1190. **Très beau portrait** du grand Condé, miniature à l'huile sur argent, dans un étui en galuchat, orné en argent, découpé à jour.

1191. **Portrait** d'un personnage du temps de Louis XV, dans un cadre d'argent.

1192. **Quatre miniatures** sur ivoire, dont trois portraits de femme; le quatrième est à la fois portrait d'homme et de femme.

1193. **Madame Lebrun et sa fille.** Miniature peinte par elle-même.

1194. **Tabatière** en écaille sur laquelle est un portrait d'homme, époque Louis XV. Cadre en or.

1195. **Pomone.** Jolie miniature sur porcelaine.

1196. **Portrait** de jeune femme. Miniature sur ivoire, époque Louis XVI.

1197. **Portrait** de femme. Miniature de l'époque de la Restauration.

1198. **La reine Marie-Amélie.** Bonne miniature sur ivoire.

1199. **Portrait** d'une dame. Miniature moderne.

1200. **Portrait** de Chartraire. Miniature de l'époque Louis XIV.

—

Un grand nombre d'Objets non catalogués seront vendus au commencement et à la fin de chaque vacation.

ORDRE DES VACATIONS

Lundi 27 avril.

N°s 1, 4 à 13, 102 à 104, 133, 143, 153, 165, 175 à 180, 229, 255 à 257, 302 à 306, 351 à 355, 396 à 400, 445 à 449, 476, 477, 507, 508, 528 à 530, 558 à 564, 630 à 633, 675, 676, 677 à 684, 731 à 738, 749, 793, 794, 821, 828 à 830, 870 à 880, 980, 994 à 999, 1055, 1069, 1070, 1085, 1106 à 1110, 1165, 1168, 1169.

Mardi 28 avril.

N°s 3, 14 à 23, 105 à 107, 134 à 144, 154 à 166, 181 à 185, 230, 258 à 261, 307 à 311, 356 à 360, 401 à 405, 450 à 456, 479 à 481, 509, 510, 531 à 533, 565 à 571, 634 à 637, 685 à 691, 739, 750, 754 à 756, 795, 796, 822, 823, 831 à 833, 857, 881 à 891, 981, 1000 à 1005, 1057, 1071, 1074, 1111 à 1115, 1159, 1167, 1170, 1178 à 1180.

Mercredi 29 avril.

N°s 24 à 33, 108 à 110, 135, 145, 156, 167, 186 à 190, 231 à 233, 262 à 266, 312 à 316, 406 à 409 bis, 457, 458, 482 à 484, 511, 512, 534 à 536, 572 à 578, 638 à 641, 692 à 698, 740, 751, 757 à 760, 797, 798, 824 à 826, 834 à 836, 858 à 860, 892, 893, 895 à 899, 982, 1006 à 1011, 1058, 1072, 1073, 1086, 1103 à 1105, 1156 à 1158, 1166, 1171, 1181, 1183.

Jeudi 30 avril.

N°s 34 à 43, 111 à 113, 136, 146, 157, 160, 168, 191 à 195, 227 bis, 234 à 236, 267 à 271, 317 à 321, 361 à 365, 410 à 414, 459, 460, 485 à 487, 513, 514, 537 à 539, 579 à 585, 642 à 644, 672 à 676, 741, 752, 761 à 764, 799, 800, 814, 827, 861 à 865, 894, 901 à 910, 983, 1012 à 1017, 1059, 1075, 1080, 1087, 1116 à 1121, 1155, 1172, 1184 à 1186.

Vendredi 1er mai.

N°s 44 à 53, 114 à 116, 137, 147, 158, 169, 196 à 200, 227, 237 à 239, 272 à 276, 322 à 326, 366 à 370, 415 à 419, 461, 462, 488 à

490, 515, 516, 540 à 542, 586 à 592, 645 à 648, 699 à 702, 742, 753, 765 à 768, 801, 802, 815, 837 à 839, 866 à 869, 900, 911 à 920, 984, 985 *bis*, 1018 à 1023, 1060, 1061, 1081, 1082, 1083, 1122 à 1127, 1154, 1164, 1173, 1187 à 1190.

Samedi 2 mai.

Nos 54 à 63, 117 à 119, 138, 148, 159, 170, 201 à 205, 228, 240 à 242, 277 à 281, 327 à 331, 371 à 375, 420 à 424, 463, 464, 491 à 493, 517, 518, 543 à 545, 593 à 601, 649 à 652, 703 à 707, 743, 769 à 773, 803, 804, 816, 840 à 842, 921 à 932, 986, 987, 1024 à 1029, 1062, 1065, 1084, 1076, 1088, 1129 à 1132, 1153, 1161, 1174, 1191 à 1194.

Lundi mai.

Nos 64 à 73, 120 à 122, 139, 149, 161, 171, 206 à 211, 243 à 245, 282 à 286, 332 à 336, 376 à 380, 425 à 429, 465, 466, 494 à 496, 519, 520, 546 à 548, 602 à 608, 653 à 656, 708 à 712, 744, 774 à 777, 805, 806, 817, 843 à 846, 933 à 944, 985, 1030 à 1035, 1056, 1077, 1078, 1079, 1128, 1133 à 1137, 1152, 1162, 1195 à 1200.

Mardi 5 mai.

Nos 74 à 83, 123 à 125, 140, 150, 162, 172, 212 à 216, 246 à 248, 287 à 291, 337 à 340, 381 à 385, 430 à 434, 467 à 469, 497 à 499, 521, 522, 549 à 551, 609 à 617, 657 à 660, 713 à 718, 745, 778 à 781, 807, 808, 818, 847 à 849, 945 à 956, 988, 989, 1036 à 1041, 1063, 1089 à 1091, 1138 à 1142, 1151, 1175, 1182.

Mercredi 6 mai.

Nos 84 à 93, 126 à 128, 141, 151, 163, 173, 216 bis à 218, 249, 251, 292 à 296, 341 à 345, 386 à 390, 435 à 439, 470 à 472, 500 à 502, 523 à 525, 552 à 554, 618 à 623, 661 à 667, 719 à 724, 746, 782 à 786, 809, 810, 819, 850 à 852, 957 à 968, 990, 991, 1042 à 1047, 1064, 1092 à 1096, 1143 à 1147, 1149, 1163, 1176.

Jeudi 7 mai.

Nos 2, 94 à 101, 129 à 131, 142, 152, 164, 174, 219 à 226, 250, 252 à 254, 297 à 301, 346 à 350, 391 à 395, 440 à 444, 473 à 475, 503 à 506, 526, 527, 555 à 557, 624 à 629, 668 à 674, 725 à 730, 747, 748, 787 à 792, 811 à 813, 820, 853 à 856, 969 à 979, 992, 993, 1048 à 1054, 1066, 1067, 1068, 1097 à 1102, 1148, 1148 *bis*, 1150, 1160, 1177.

DIJON, IMPRIMERIE J.-E. RABUTÔT, PLACE SAINT-JEAN.

www.ingramcontent.com/pod-product-compliance
Ingram Content Group UK Ltd.
Pitfield, Milton Keynes, MK11 3LW, UK
UKHW021309190726
13839UKWH00007B/552

9 782329 418049